〖中华诗词存稿·名家专辑〗

中华诗词学会 编

多来集（增补本）

刘征

张桂兴 著

中国书籍出版社
China Book Press

图书在版编目（CIP）数据

鸟巢集（增补本）/ 张桂兴著 . -- 北京：中国书籍出版社, 2019.12

（中华诗词存稿）

ISBN 978-7-5068-7701-5

Ⅰ.①鸟… Ⅱ.①张… Ⅲ.①诗词—作品集—中国—当代 Ⅳ.① I227

中国版本图书馆 CIP 数据核字 (2020) 第 004645 号

鸟巢集（增补本）

张桂兴 著

责任编辑	吴化强
责任印制	孙马飞　马　芝
封面设计	采薇阁
出版发行	中国书籍出版社
地　　址	北京市丰台区三路居路 97 号（邮编：100073）
电　　话	（010）52257143（总编室）（010）52257140（发行部）
电子邮箱	eo@chinabp.com.cn
经　　销	全国新华书店
印　　刷	北京虎彩文化传播有限公司
开　　本	710 毫米 × 1000 毫米 1/16
字　　数	220 千字
印　　张	22
版　　次	2019 年 12 月第 1 版　2019 年 12 月第 1 次印刷
书　　号	ISBN 978-7-5068-7701-5
定　　价	298.00 元

版权所有　翻印必究

《中华诗词存稿》编委会名单

顾　　问：郑欣淼　郑伯农　刘　征　沈　鹏
　　　　　　　叶嘉莹

编委会：（按姓氏笔画排序）
　　　　　　丁国成　王　强　王改正　王德虎
　　　　　　刘庆霖　吕梁松　李一信　李文朝
　　　　　　李树喜　陈文玲　张桂兴　范诗银
　　　　　　欧阳鹤　杨金亭　林　峰　罗　辉
　　　　　　周兴俊　周笃文　宣奉华　赵永生
　　　　　　赵京战　钱志熙　晨　崧　梁　东
　　　　　　雍文华

主　　任：范诗银

副 主 任：林　峰　刘庆霖

执行主编：吕梁松　王　强　李伟成

秘　　书：李葆国

作者简介

张桂兴，男，河北隆尧县人，1944年12月出生，中共党员，大专文化。1961年7月入伍。历任学员、助理军医、干事。1965年转业进北京市民政局，历任科员、科长、党组秘书，研究室副主任、基层政权处处长、副局长、党委常委。2005年10月退休。曾合著《社会保障概论》，参编《简明老年社会学词典》《今日北京》《街巷百颗星》，主持编写《跨世纪民政工作》，主编《诗论选》等。诗词论文多在书刊、杂志发表。现任中华诗词学会顾问、北京诗词学会名誉会长。

总　序

  我们这个诗歌大国有一个很好的传统，历来注重"采诗"、搜集整理诗歌材料。作为唯一的全国性诗词组织的中华诗词学会，自1987年5月成立以来，就十分重视这项工作。学会每年的学术研讨会和历届"华夏诗词奖"，都出版论文集和获奖作品集。纪念学会成立二十年、三十年时，还专门编辑出版了《大事记》《论文选集》《诗词选集》。《中华诗词》创刊以来，每年都制作年度合订本。2007年5月，在北京天识东方文化艺术传播有限公司的资助下，以近代以来诗词创作、诗词理论、诗词运动重要文献汇编，当代名家个人作品专集等为主要内容，出版了《中华诗词文库》。经过十来年的编辑整理，已经出了近百卷。这些诗集、文集的出版，记录了近百年来尤其是改革开放四十多年来，中华诗词从起步、复苏走向复兴的砥砺前行的历程，为近、当代诗歌史的撰写准备了丰富的资料。

  党的十八大以来，中华民族优秀传统文化重新受到应有的重视。习近平总书记《念奴娇·追思焦裕禄》词和《军民情》七律的相继发表，引领中华大地诗潮滚滚而来。《中共中央关于繁荣发展社会主义文艺的意见》和中办、国办《关于实施中华优秀传统文化传承发展工程的意见》，都明确提出"加强对中华诗词、音乐舞蹈、书法绘画、曲艺杂技和历史文化纪录片、动画片、出版物等的扶持。"国家教育部组织制定由中华诗词学会起草的新中国语言体系中的新韵书《中华通韵》已经通过国家语言文字工作委员会语言文字规范标准审定委员会审定,即将颁布全国试行。这些都使我们真切地感受到,中华诗词的春天真的到来了。诗人们乘着骀荡春风,正以高昂的激情,书写着中华民族伟大复兴的新时代、新史诗,国家富强、民族振兴、人民幸福的中国梦;正以与人民同呼吸、共命运的诗人之心,对人民的欢乐、人民的忧患、人民的情怀给以诗意的表达;正以"美"或"刺"的诗人之笔,对市场经济大潮中人民对幸福生活的期待,对美好未来的希望,对假丑恶的深恶痛绝,或给以方向,或给以赞美,或给以鞭挞。正如习近平总书记所指出的:"好的文艺作品就应该像蓝天上的阳光、春季里的清风一样,能够启迪思想、温润心灵、陶冶人生,能够扫除颓废萎靡之风。"

当前,传统诗词创作者和诗词爱好者队伍发展迅速,已超过三百万。每天创作的诗词作品超过唐诗、宋词、元曲的总和。诗词评论研究队伍也成长很快,诗词评论、诗词学、诗词创作理论研究成果丰硕。如何从浩如烟海的诗词作品中"淘"出优秀作品,并使之存下来、传下去,如何使诗词研究理论成果"面世"并发挥应有的指导作用,确实是摆在我们面前的无可回避的一个重要课题。中华诗词学会是一个没有国家编制,没有国家拨款的社会团体,事业的运转主要靠社会赞助和会员费支撑。俊识(北京)文化传媒有限公司总经理吕梁松、北京采薇阁总经理王强,两位一直是对中华传统文化情有独钟的热心人,慷慨解囊,愿意同中华诗词学会一起,搜集整理编辑推出《中华诗词存稿》这套书,共同为中华诗词文化的继承和发展,做成这件十分有意义的事情。

《中华诗词存稿》主要搜集整理出版三部分内容的资料：一是当代诗词名家的个人作品集；二是当代诗词评论家、诗词学者的学术著作集；三是当代诗词作品、诗词理论学术成果阶段性、专题性、地域性的集成类作品集。诗词作品强调精品意识，沙里淘金，把"有筋骨、有道德、有温度"的优秀诗词作品搜集起来。诗词评论、研究类资料强调理论性和创新性，应具有鲜明的个性特点，具有创建性的见解。集成类的资料应有一定的史料保存价值。总之，做成一套具有当代价值和历史意义的好书。在此，我们编委会人员，向提供资料、筛选编辑、版面设计、校对勘误，包括所有为这套资料付出辛勤劳动的同志们，表示真诚的谢意！

郑欣淼

二〇一九年七月于北京

言志缘情美即诗

杨金亭

　　张桂兴同志是我在参与北京诗词学会和会刊《北京诗苑》工作时结识的一位诗友。他青年从军，转业后，到北京市民政局工作。从副局长任上退休后，应老会长段天顺同志之邀，来学会工作。先任副会长兼秘书长并会刊副社长。随后被选为中华诗词学会副会长。2012年，北京诗词学会换届，被选为会长。近十年来，我们经常在一起研究会务、编务，间或谈诗论道，兼及家国民情，乃至国际风云，彼此畅怀见性，成了志同道合、无话不谈的朋友。久之，知道桂兴长期从事民政工作，对首都历史沿革，风物民情，了如指掌；加之，在一定的领导岗位历练中，养成了在实践中学习马克思主义经典并善于思考的自觉，树立起历史唯物主义科学观。这对于团结学会工作班子，推动学会诗词文化活动及首都诗词创作，沿着社会主义先进文化前进方向不断发展，作出了引起诗坛广泛关注的成绩。

　　难得的是，桂兴还是一个爱好文艺，尤其钟爱传统文化的性情中人。工作之余，养成了阅读古今中外文学、诗歌名著的习惯。青年时期，曾写过新诗。工作中，又练出了一手写新闻报导，以及工作总结报告的公文笔札。到学会后，他连续起草的几个年度工作报告，都能切入学会实际，且能高屋建瓴地总结经验、提出问题，进而提出促进北京诗词文化建设具体可行的措施,在会刊发表后,受到了会员和读者的好评。

至于他的诗词创作,或是因为他具有"诗有别材"特质的"性情中人"的悟性,再加上长期的诗词文化熏陶,虽起步较晚,却提高得很快。近日,我读了他的第一本自选集《张桂兴诗稿》,实话实说,收入集子中的有些篇什,从诗词文本的规定性要求,还存在着格律乃至文化风神上的不尽完美之处,但瑕不掩瑜,书中一些精心之作,已达到了当代诗词书写当下、衔接传统并形成自己抒情个性的艺术境界。放在当下的诗词出版物中,不失为一个可读性较强的选本。看得出,作者已从大量诗词经典的阅读和不断的创作实践中,逐渐悟出了"诗言志"且"缘情而绮靡"的这个诗之为诗的审美本质。这从他以诗画为题材的两首作品中,可以窥见作者"操千曲而后晓声,观千剑而后识器"(刘勰语)的对诗的悟性。一首是《南社百年》:

雅集逸史百年春,风骨情怀依旧存。
赋尽沧桑今古事,一腔热血铸诗魂。

这首诗以饱满的革命激情和历史主义的真知灼见,对以柳亚子、陈去病于上世纪二十年代建立的,以推翻晚清封建帝制,倡导民主共和革命为旗帜的进步文化团体"南社",作出了公正的历史评价。其中,"风骨情怀""赋尽沧桑""血铸诗魂"几个关系到诗歌传统审美本质的意象恰到好处的运用,见出了作者对诗歌艺术把握的日益深入。另一首是《天画》:

> 青山铺纸笔锋狂,风雨多情绘画廊。
> 意境天成神韵出,人间万象景中藏。

这是一首诗人在旅途中,看到某山峰头,类似生活中的或一物象,或某一断涧峭壁上出现的类似水墨丹青中的形象,随之产生了如诗如画的灵感的即兴之作《天画》。作品妙处,通篇无一字一句涉及《天画》画的是什么?却以高度夸张的想象,从《天画》的形成落笔。他把那个茫茫无际、抽象无形之天,想象为一个巨人画家,他铺青山为纸,挥动倚天椽笔,饱蘸风雨之墨,挥洒出一副翰墨淋漓、如情似梦,浩荡无涯的《天画》。结句"人间万象景中藏","含不尽之意,见于言外,使人思而得之"(梅圣俞)的审美境界。而"意境天成神韵出"这句很具美学内涵的"诗家语"的出现,进一步说明作者的诗词创作,已进入从必然到自由的诗人境界。马克思在《1884年经济学手稿》中,在论述劳动创造世界时,曾有两句涉及到"美"的名言。一是"劳动生产了美",一是"人类也依照美的规律来造形"。已进入诗人创作境界的桂兴的一些成功之作,正是按着上述"诗言志"且"缘情而绮靡"即诗的本质规律进行创作,所收获的诗美结晶。其中,最具抒情个性的作品是:

一、托物寄慨、寓理于情。诗人的倾向性从不直接说出,而是通过作品的意境暗示给读者。由于诗人具有在长期工作实践中养成的从现象到本质的认识事物的"器识"品格,他在观察生活,进而从生活中发现并提炼诗意的同时,往往从中悟出一些带普遍性的人生哲理,随之通过意象思维暗示出来,从而赋予作品以理趣美和思想深度。比如《赠青年朋友》:"胸怀鸿鹄志,刻意恐难求。历日勤修勉，渠成水自流。"短短二十个字，意在鼓励青年朋友，既要有高飞远骛的"鸿鹄"之志，更要有脚踏实地、日积月累的"修勉"功夫，至于功到自然成的收获，作者却没有直说明言，而是以"渠成水自流"的富于独创性的象征意象出之，发人深省。另如《自勉》："天顺抑骄满，逆流奋鼓帆。常思成败事，雨后艳阳天。"此类反思自身人生历程的诗，极易流于既往成败顺逆教训的叙说，此诗以"雨后艳阳天"作结，形象地暗示出诗人对生活的乐观态度，同时也暗示出充满希望的时代背景。再如《叠翠潭迎浪石》："叠翠山川秀，溪流汇碧潭；任凭风雨骤，破浪矗中坚。"通过迎浪石，叠经狂风骤雨的冲击，仍然矗立于风雨之中的形象，借物喻人，歌颂历经千难万劫不向邪恶势力低头的人生态度。作者的爱憎倾向，于此可见。还有如《登香山》："山川腾瑞气，致远碧云中。"《唐山湿地公园》："减排添绿色，低碳得天长。"《武当山》："功夫形在外，心至是天人。"《红螺寺》："定律通因果，人生当自鞭。"《无题》："漂浮无奈时光短，日月还须放眼量。"《天坛》："纵观朝代更迭史，水亦行船亦覆船。"……这些诗句，或揭示事物自身内在规律，或注入诗人对生命的感悟，或融情入景，或寓理于情，有理趣之美，无理障之敝，平添几分诗作的思想闪光。

二、"诗中有画"的意象意境的自觉追求。"诗中有画"这一诗歌美学概念的提出，始于北宋大诗人苏轼。他在评论王维诗画艺术时，曾说"味摩诘之诗，诗中有画；观摩诘之画，画中有诗"。由此，他还提出了一个"诗画一律"的创作理论。此后，历代有不少诗人、作家、画家曾不断地对这个揭示了以诗画相辅相成、创造抒情意境的理论，结合各自的创作实践，作出过许多补充性的发挥。例如"诗是无形画，画是有形诗"（郭熙），"画写物外形，要物形不改；诗传画外意，贵有画中态"（晁以道），"画不徒写形，正要形神在；诗不在画外，正写画中态"（李贽）。此外，还有王原祁"画法与诗文相通"，方薰"诗人书画，相为表里"等对"诗画本一律"理论的进一步阐释。

这一理论之所以引起历代诸多诗、文、画家的兴趣，主要是它揭示了包括诗画在内的抒情艺术，都是以诗情画意构造意境的创作规律。就诗来说，画是诗的形态表现。诗中有画，就是要求具有鲜明生动、感性具体、志存高远、韵味隽永的意象意境；诗中无画，就易流于公式化、概念化的韵语空壳，那也就不成其为诗了。

桂兴的一些堪称佳作的篇什，特别是其中有关山程水驿的即景抒情之作，读来多能给人以"诗中有画"的感受。请读"三友诗派"诗词大家刘征在原稿上注有"如画"评语的《淮河入洪泽湖口》：

> 轻舟穿画障，鸥鹭任飞旋。
> 重舸排龙阵，渔翁垂钓竿。
> 灯标时隐现，丽水豁然宽。
> 浩淼湖河口，浪击一线天。

这是一首诗人乘游船由淮河入洪泽湖的即兴之作。诗以追光蹑影之笔，通过游船顺流进入洪泽湖口的一刹那间的感受，勾勒出一幅声情并茂、诗情洋溢的壮阔画卷。诗人选择了一系列富于动态美的意象：船在两岸画障中穿行，鸥鹭在河上飞旋，载重船队列阵前进；还有以静衬动的岸边渔翁的垂钓，以及远近灯标的明灭隐现。所有这一切在诗人的目光中，顺淮水激流，冲出"浪击一线天"的湖口，于是，"浩渺"无际的洪泽湖"豁然"展现在面前。于是，水得大自在，诗得大境界、人得大宽余的意境，从字面上溢出。另如《夜宿捧河湾》"岭上一钩月，山村几处灯。白河屋后唱，如梦伴蛙声。"也是一幅富于山村气息、牧歌情调，且兼具生态美的诗中画卷。他如《月牙泉》《黄山云雾》等，都具有诗情画意、相得益彰的意境美。

  唐代大诗人杜甫，形容诗的意境美有诗曰："精微穿溟涬，飞动摧霹雳。"（《夜听许十一诵诗爱而有作》）下一句可看作对诗中以动态美意象构成了诗的意境所产生的艺术张力的赞美。清代大思想家王船山在《诗绎》中论意境有言曰："以追光蹑影之笔，写通天尽人之怀，是诗家正法眼藏。"桂兴这些以诗中有画创造的意境，虽与上述"精微""飞动"乃至"诗家正法眼藏"的完美境界尚有距离，须要继续攀登，但却不失为自觉追求意境美，而且达到了诗情画意相结合层面的可读之作。

  谈诗至此，赋小诗一首，聊补未尽之意。

青春戎马旅，解甲古幽燕。
执事怜民隐，无私政自廉。
性灵山水趣，翰墨风雅缘。
诗意栖居梦，大同绿地天。

二〇一三年二月二十二日
于虎坊公寓

目 录

总序···郑欣淼 1
序···杨金亭 1

五绝

京秋四咏···3
　　红枫···3
　　火炬···3
　　银杏···3
　　黄栌···3
感时···4
赠青年朋友···4
香山·香炉峰···4
夜宿捧河湾···4
院中樱桃···5
重游瘦西湖···5
海棠花···5
思（一）···5
思（二）···6

学诗	6
随感	6
孙女昕昕儿童画展获优秀奖寄语	6
题建成画虎	6
题赠吴守箴书法展	7
日本富士山	7
访灯塔市古燕国高句丽遗址	7
叠翠潭迎浪石	7
天女浴池	8
溶洞银狐	8
玉溪精神	8
游秀山	8
老子山	9
咏竹	9
贺理工大学春韵诗社《春韵之声》出版	9
平谷桃花节	9
新气象	10
地气	10
五大连池市	10
江郎山	10
万峰林	11
马岭河峡谷	11
红色密码箱	11
观环县皮影	11
都江堰	12
宝瓶口	12

安澜桥	12
蒲公英	12
偶思	12
歌风台	13
放鹤亭	13
撑伞女	13
朱德	13
重访中原小镇"南洋老房子"咖啡屋	14
冬韵	14
黄家山观密云水库落日	14
秋思	14
听涛	15
登依斗门城楼	15
携妻游阿瓦山	15

五律

一带一路	19
寒冬	19
暴风雪席卷北半球	19
查济古镇	20
小汤山疗养院漫步	20
邓稼先	20
寒露	21
杭州G20峰会	21
汗血宝马	21
过牛岭	22
海南七仙岭	22

春雨	22
题颐和园十七孔桥晚照	23
消夏	23
建军90周年朱日和阅兵观后	23
沽酒农家	24
卢沟桥	24
题蟹爪莲	24
仓颉创字	25
酷暑	25
访官田中央兵工厂旧址	25
2018岁末，喜获刘征老签名赠予的木刻线装本《刘征诗钞》	26
奥园春早	26
东湖绿道	26
编钟	27
武汉大学樱花大道	27
空中草原	27
初值夜哨	28
颐和园西堤踏春	28
访西柏坡	28
房山商周遗址怀古	29
访中国最后一个原始部落——翁丁	29
过瞿塘峡	29
登白帝城	30
满城汉墓	30
方顺桥	30

盛夏傍晚雨霁，同李树喜，陈廷佑，荀德麟，
  王爱民等诗家漫步第一城有记 …………………… 31
下塌香河第一城 …………………………………………… 31
武当山 ……………………………………………………… 31
唐山湿地公园 ……………………………………………… 32
瓜洲渡口 …………………………………………………… 32
金湖印象 …………………………………………………… 32
京杭大运河行 ……………………………………………… 33
恭王府相约海棠花开 ……………………………………… 33
大槐树寻根 ………………………………………………… 34
大寨 ………………………………………………………… 34
杭州·胡雪岩故居 ………………………………………… 35
奥体公园 …………………………………………………… 35
雾锁中秋月 ………………………………………………… 36
宜居吴江 …………………………………………………… 36
澳门葡京赌城 ……………………………………………… 37
水上森林 …………………………………………………… 37
贺金亭老师 80 大寿 ……………………………………… 37
水仙花 ……………………………………………………… 38
红螺寺 ……………………………………………………… 38
寄贾岛 ……………………………………………………… 39
国庆 ………………………………………………………… 39
宿稻香湖景宾馆 …………………………………………… 40
淮安诗教 …………………………………………………… 40
夏都延庆 …………………………………………………… 40
梵蒂冈·大教堂 …………………………………………… 41

贺神舟九号与天宫一号成功对接……………………… 41
参访联合国总部…………………………………………… 41
过淮河入洪泽湖口………………………………………… 42
悼罗阳同志………………………………………………… 42
参观雷锋纪念馆…………………………………………… 42
捍卫钓鱼岛………………………………………………… 43
琴岛（小青岛）…………………………………………… 43
新风………………………………………………………… 44
永济中条山夜景…………………………………………… 44
法国香榭丽舍大街………………………………………… 44
黄河铁牛…………………………………………………… 45
世风·中央转变作风八条公布后，世风好转有感…… 45
访郭小川故居……………………………………………… 45
观舞剧月上贺兰…………………………………………… 46
晚登鹳雀楼………………………………………………… 46
大陈村新风………………………………………………… 46
第一次单独上夜哨………………………………………… 47
苗族姑娘…………………………………………………… 47
进苗寨……………………………………………………… 47
山城堡战役纪念园………………………………………… 48
刘园子煤矿………………………………………………… 48

七绝

诗话奥园十八景…………………………………………… 51
　　盼梦成真……………………………………………… 51
　　和光瑞阙……………………………………………… 51
　　北顶飞霞……………………………………………… 51

鸟巢圆梦 …………………………………… 52
　　奥运之光 …………………………………… 52
　　水蕴方圆 …………………………………… 52
　　七院文华 …………………………………… 52
　　奥塔流云 …………………………………… 53
　　仰山胜景 …………………………………… 53
　　五环同心 …………………………………… 53
　　一路走红 …………………………………… 53
　　碑林汲古 …………………………………… 54
　　花田野趣 …………………………………… 54
　　银杏叠金 …………………………………… 54
　　双园接翠 …………………………………… 54
　　奥海游龙 …………………………………… 54
　　钻石星辉 …………………………………… 55
　　冰丝炫彩 …………………………………… 55
鸟巢（二首）…………………………………… 55
访曹雪芹故居遇雨（五首）…………………… 56
瞻李大钊纪念馆 ……………………………… 57
访临江阁 ……………………………………… 57
南社百年 ……………………………………… 58
西湖秋雨 ……………………………………… 58
黄山云雾 ……………………………………… 58
登唐山凤凰台 ………………………………… 58
由厦门至龙岩 ………………………………… 58
江西婺源 ……………………………………… 59
庐山四季 ……………………………………… 59

清明 ·· 59
古河口战场遗址 ·································· 59
读李白传 ·· 60
千尺瀑 ·· 60
寄玉树 ·· 60
元大都遗址赏海棠花 ···························· 60
月牙泉（一） ····································· 61
月牙泉（二） ····································· 61
参观白乙化纪念馆 ······························· 61
西路军 ·· 61
拉练·夜行军 ······································· 62
春节·马来西亚 ··································· 62
附：李增山和韵 ································· 62
钱 ··· 62
权 ··· 63
贺王玉明院士诗词、摄影研讨会并新书首发式 ······· 63
步王玉明老师《心境》韵 ···················· 63
附：王玉明老师《心境》 ···················· 64
新北纬饭店 ··· 64
出席国庆招待会 ·································· 64
全国双拥模范大会 ······························· 65
丁香 ·· 65
无题 ·· 65
情 ··· 65
读石理俊先生诗话 ······························· 66
庆祝建党 90 周年 ································ 66

比利时·小尿童	66
焦虑	67
可敬温州人	67
天坛	67
读《特别公民》接收特赦战犯纪实	67
重游杭州	68
康熙"福"字碑	68
永康新居雅集	68
贺北京诗词学会第四次代表大会	69
神农架	69
神农氏	69
鹿回头	69
法国卢浮宫蒙娜丽莎像	70
榆林统万城遗址	70
顺义花博园	70
温州江心屿	70
枫吟诗社成立20周年	71
贺朝阳"军休"秋芳诗社成立	71
赠李元华老师	71
怀柔水长城	71
振兴怀柔	72
痛悼孙轶青会长	72
南山寺	72
香港紫荆广场	72
无题	73
青海坎布拉国家地质公园	73

八达岭镇 …………………………………………… 73
题建成虎猴图 …………………………………… 74
青海·塔尔寺 …………………………………… 74
贺红叶诗社首届军旅诗词研讨会 ……………… 74
贺丁香诗社选集出版 …………………………… 75
贺观园诗社成立20周年 ………………………… 75
海州矿山公园 …………………………………… 75
羚羊瀑 …………………………………………… 76
童乐瀑 …………………………………………… 76
巴西伊瓜苏瀑布（二首）………………………… 76
雪乡羊卓山观日落 ……………………………… 77
贺阜新诗词学会成立20周年 …………………… 77
贺郑玉伟白雪黑土诗集出版 …………………… 77
奥运会金牌榜 …………………………………… 77
  何可欣高低杠冠军 ………………………… 77
  郭晶晶卫冕三米跳台冠军 ………………… 78
  张娟娟射箭打破韩国24年垄断夺冠 ……… 78
  张宁卫冕羽毛球单打冠军将告别羽坛成绝唱 …… 78
  体操男女团体冠军 ………………………… 78
贺北京诗词学会成立20周年（四首）…………… 79
祝贺陈莱芝80寿辰 ……………………………… 80
桃源仙谷·观峰台 ……………………………… 80
天画 ……………………………………………… 80
晚飞台湾桃园机场 ……………………………… 80
日月潭 …………………………………………… 81
台胞招待晚宴归来 ……………………………… 81

题目	页码
题驴图	81
题王儒鲜桃画	81
题王儒迎春花画	82
题王儒梅花画	82
贺嫦娥一号飞天（二首）	82
祝融峰香客	83
回雁峰联想	83
平西抗日战争纪念馆	83
贺北京社会报创刊20周年	83
银狐洞	84
聂耳故居	84
洞经古乐	84
喜闻免除农业税	84
井冈山仙女瀑	85
贺王儒同志80寿辰	85
贺隆尧县诗词学会成立5周年	85
万名孝星评选有感（二首）	86
榆林	86
天气预报	87
参观北京福利工厂	87
宜州民歌会	87
参观宜州村民自治展览馆	88
十万大山	88
对歌	88
刘三姐故里	88
北京卷（近代）首发式	89

洪泽湖大堤（二首）……………………………… 89
题赵征诗友寄赠画梅花…………………………… 89
金秋延庆…………………………………………… 90
秋游瘦西湖………………………………………… 90
金鳌玉𬟽桥………………………………………… 90
荷兰·阿姆斯特丹市红灯区……………………… 90
美国·同性恋社区………………………………… 91
仙霞关……………………………………………… 91
采油七厂观后……………………………………… 91
老虎沟梯田………………………………………… 91
张南湾水库………………………………………… 92
小雪节令京城大雪………………………………… 92
情人节·单身族…………………………………… 92
节日微信有感……………………………………… 92
清波园……………………………………………… 93
琴湖湾……………………………………………… 93
明湖园……………………………………………… 93
桃花园……………………………………………… 93
富春园……………………………………………… 94
万晴园……………………………………………… 94
双彩虹……………………………………………… 94
清宫浴室遗址……………………………………… 95
喜获蔡厚示先生《二八吟稿》诗集……………… 95
说秋两则…………………………………………… 95
艺术小镇…………………………………………… 96
梅亭………………………………………………… 96

思乡 …………………………………………………… 96

贺黄安同志《咏光集》第三集付梓 …………………… 96

海棠溪 ………………………………………………… 97

向日葵 ………………………………………………… 97

傍晚漫步百亩葵花园 ………………………………… 97

平西府中心小学玉文化赞（两首） ………………… 98

题铁树开花赠伯农老师 ……………………………… 98

苏武纪念馆 …………………………………………… 98

国酒茅台 ……………………………………………… 99

桃花汛 ………………………………………………… 99

二环路上的迎春花 …………………………………… 99

台儿庄之祭 …………………………………………… 99

南水北调北京出水口 ………………………………… 100

湖边春景 ……………………………………………… 100

成都至西昌途中 ……………………………………… 100

洱海观景 ……………………………………………… 100

题沧源崖画 …………………………………………… 101

七律

天安门 ………………………………………………… 105

前门 …………………………………………………… 105

崇文门 ………………………………………………… 106

宣武门 ………………………………………………… 106

朝阳门 ………………………………………………… 107

东直门 ………………………………………………… 107

德胜门 ………………………………………………… 108

安定门 ………………………………………………… 108

西直门 109
阜成门 109
游希腊爱琴海 110
苏格兰小镇 110
夜游尼罗河 111
巴黎圣母院 111
访圣彼得堡 112
日本箱根 112
巴西亚马逊河热带雨林 113
英国伦敦·圣诞节 113
土耳其·伊斯坦布尔 114
美国白宫南草坪随想 114
奥地利·维也纳金色大厅 114
巴西·贫民窟 115
三清山 115
访西沙永兴岛 116
延庆千家店百里画廊 116
金石集团 116
千岛湖 117
武装泅渡昆明湖 117
古崖居 117
敬贺段天顺会长 80 鹤寿 118
肇源印象 118
三峡移民 118
桃花源寻梦 119
雪乡·春节 119

哈尔滨冰雪大世界·················119
南阳武侯祠随感···················120
出席残奥会开幕式·················120
台湾阿里山·······················120
淮安感赋·························121
青海湖···························121
六十感怀·························121
贺《诗词园地》百期···············122
访蒙古贞·························122
步和文朝同志《癸巳西府海棠新咏》···122
丹麦·海的女儿···················123
秋游首钢旧址·····················123
2016元旦赠友人·················123
相约白鸽·························124
延寿寺龙松·······················124
登残长城·························124
悼易老海云先生···················125
观人艺话剧《司马迁》随感·········125
《北京诗苑》百期随感（一）·······125
访丁玲故居·······················126
瞻仰中华三祖堂···················126
秋思·····························126
登岳渎阁·························127
回乡路上·························127
重阳诵桂·························127
访海龙屯土司古城遗址·············128

题吴为山青铜雕像……………………………………128
恭祝欣淼会长七十寿辰………………………………128
景山眺望………………………………………………129
人日·颐和园…………………………………………129
清华大学荷塘诗社成立十周年暨《荷塘诗韵》
　　《韫辉诗词百首》首发式………………………129
潘家口水库……………………………………………130
板栗之乡………………………………………………130
张居正…………………………………………………130
台儿庄之夜……………………………………………131
再游恭王府……………………………………………131
写在第三届军旅诗研讨会上…………………………131
回访四合院……………………………………………132
北京四合院……………………………………………132
清明怀念先烈…………………………………………132
春节还乡思母…………………………………………133
观升旗…………………………………………………133
忆我国第一颗人造卫星——东方红号………………133

词

水调歌头·致里约奥运中国健儿………………………137
水调歌头·一带一路北京峰会…………………………137
卜算子·夜观雁荡情侣峰………………………………137
西江月·埃及金字塔……………………………………138
西江月·榆林古城………………………………………138
鹧鸪天·春到玉渊潭……………………………………138
鹧鸪天·博鳌玉带滩……………………………………139

鹧鸪天·上海世博会 ……………………………………… 139

鹧鸪天·阜新海棠山 ……………………………………… 139

鹧鸪天·莫斯科红场 ……………………………………… 140

鹧鸪天·加拿大会见华裔老兵 …………………………… 140

鹧鸪天·和布凤华词韵 …………………………………… 141

附： ………………………………………………………… 141

布凤华词 …………………………………………………… 141

鹧鸪天·信寄何方 ………………………………………… 141

采桑子（二首）…………………………………………… 142

采桑子·曹妃甸 …………………………………………… 142

采桑子 ……………………………………………………… 143

采桑子·金湖荷花 ………………………………………… 143

采桑子·吴江陈去病退思园 ……………………………… 143

采桑子·古镇同里 ………………………………………… 144

采桑子·古田会议 ………………………………………… 144

采桑子·西沙永兴岛椰子树 ……………………………… 144

采桑子·新北纬饭店 ……………………………………… 145

采桑子·喜闻六中全会决定文化大发展大繁荣 ………… 145

采桑子·街头剪彩 ………………………………………… 145

采桑子·不夜谷 …………………………………………… 146

采桑子·访未成年儿童救助中心 ………………………… 146

如梦令·晚上漫步纽约华尔街 …………………………… 146

如梦令·占领华尔街 ……………………………………… 147

卜算子·挪威伴侣岛 ……………………………………… 147

浣溪沙·香山秋韵 ………………………………………… 147

十六字令·四川抗震（五首）…………………………… 148

忆江南·稻香湖景························149

相见欢·壬辰春节答赠友人················149

清平乐·家乡巨变························149

清平乐·神堂峪··························149

清平乐·贺十七大························150

清平乐·台湾竞选斥陈水扁················150

清平乐·故宫中秋························150

清平乐·春风咏叹························150

一剪梅·秋思····························151

一剪梅·柏乡汉牡丹······················151

一剪梅·冬思····························151

一剪梅·为40年婚庆而作··················152

沁园春·长安街··························152

沁园春·圆明园··························152

长相思································153

临江仙·瑞典诺贝尔奖颁奖大厅············153

清平乐·沙坡头··························153

临江仙·沙湖颂··························154

如梦令（三首）··························154

    旧石器时代文化遗址··················154

    藏兵洞····························154

    水洞沟仙境························154

沁园春·咏北京园博园····················155

临江仙·廿八都古镇······················155

采桑子·访毛泽东祖居地清漾村············155

醉太平·天山天池························156

鹧鸪天·顺义潮白河踏青 …………………… 156
临江仙·屠呦呦获诺贝尔奖 ………………… 156
临江仙·访桃花潭 …………………………… 157
临江仙·爬黄花城野长城 …………………… 157
临江仙·房山孤山口小学诗教活动感赋 …… 157
临江仙·访静园 ……………………………… 158
临江仙·访娄山关 …………………………… 158
临江仙·稻香湖 ……………………………… 158
临江仙·港珠澳大桥通车 …………………… 159
临江仙·走进兴国 …………………………… 159
临江仙·登黄鹤楼 …………………………… 159
采桑子·瑞金 ………………………………… 160
采桑子·遵义会议 …………………………… 160
采桑子·过雪山草地 ………………………… 160
采桑子·大渡河 ……………………………… 160
采桑子·四渡赤水 …………………………… 161
采桑子·延安 ………………………………… 161
采桑子·端午龙舟赛随想 …………………… 161
卜算子·题怀抱孙女入睡照 ………………… 162
卜算子·春 …………………………………… 162
清平乐·古北口古镇 ………………………… 162
满庭芳·世纪坛中秋赏月 …………………… 163
西江月·悼余旭 ……………………………… 163
《水龙吟》步刘征老原韵贺中华诗词学会创建
　三十周年 ………………………………… 163
念奴娇·纪念北京诗词学会成立30周年步

刘征先生韵……164

忆秦娥·将军山……164

竹枝词

勘界纪实竹枝词组诗……167
    勘界决定……167
    勘界伟业……167
    实地勘察……168
    寸土必争……168
    平息械斗……168
    三省交界……168
    四城交界……169
    塞外飞雪……169
    病宿山村……169
    公私分明……169
    推迟庆功……169
    签字仪式……170
    情真谊长……170
    勘界情怀……170
    总结表彰……171

北海即景（三首）……171

扬州采风（二首）……172

葡京赌城……172

有关教育（七首）……172
    校车……172
    补习广告……173
    放学门前……173

小太阳 …………………………………………173
　　助学费 …………………………………………173
　　留守儿童 ………………………………………173
　　上学路难 ………………………………………174
西峡英湾村（二首）…………………………………174
国庆60周年阅兵，国人振奋世界瞩目，
激动不已。以竹枝词记之 …………………………175
　　国旗护卫队方阵 ………………………………175
　　海军方阵 ………………………………………175
　　女兵方阵 ………………………………………175
　　特种兵方阵 ……………………………………175
　　雪豹突击队方阵 ………………………………176
　　女民兵方阵 ……………………………………176
　　装甲车方阵 ……………………………………176
　　坦克方阵 ………………………………………176
　　导弹方阵 ………………………………………176
　　航空兵方阵 ……………………………………177
唐山皮影戏（二首）…………………………………177
网络现象（十首）……………………………………178
　　网络 ……………………………………………178
　　网游 ……………………………………………178
　　网上购物 ………………………………………178
　　网络立法 ………………………………………178
　　网络语言 ………………………………………179
　　博客 ……………………………………………179
　　网吧 ……………………………………………179

网迷 …………………………………………179
　　上网 …………………………………………179
　　网恋 …………………………………………180
烤鸭誉满全球 ……………………………………180
百年老字号 ………………………………………180
品烤鸭 ……………………………………………180
宏志薄发 …………………………………………180

排律·歌行体

园博园·北京园 …………………………………183
瑞士·登铁力士山 ………………………………184
青海贵德黄河畅想曲 ……………………………184
参观常德诗墙 ……………………………………185
澄江行 ……………………………………………185
民政颂（十五首）………………………………186
晋中行 ……………………………………………190
三访遵义会议会址 ………………………………191
大国外交 …………………………………………192
观庆祝改革开放40周年大会有感 ………………193

赋文

涿鹿县赋 …………………………………………197
八宝山革命公墓赋 ………………………………198
永定河赋 …………………………………………199
南风送暖　东海情深 ……………………………202
让诗心与时代共鸣 ………………………………205
为英雄史诗而歌 …………………………………208

卷首语 …………………………………………………… 211
更上层楼 ………………………………………………… 213
江山万里起回声 ………………………………………… 215
百尺竿头再进一步——写在《北京诗苑》百期之际 … 217
思想精深 艺术精湛 …………………………………… 220
风光无限在高峰 ………………………………………… 222
在纪念北京诗词学会成立三十周年
　　暨第十三届端午诗会上的致辞 …………………… 224
试析《竹枝斋诗稿》中的京味 ………………………… 228
诗咏心怀家国情 ………………………………………… 235
诗词入史 应有之义 …………………………………… 240
诗出心声情自浓 ………………………………………… 246
序　　言 ………………………………………………… 251
旧题在壁几行绿 今赏存诗万缕霞 …………………… 254
坦赞倾情唱竹枝 ………………………………………… 262
心满阳光目自明 ………………………………………… 269
京城又见百花明 ………………………………………… 273
千年遗雅韵 当代赋新声 ……………………………… 277
无声胜有声 ……………………………………………… 281
造像赋真情 ……………………………………………… 283
清思绮梦入诗来 ………………………………………… 287
诗坛自信更辉煌 ………………………………………… 291
后　　记 ………………………………………………… 301
再版后记 ………………………………………………… 305

五绝

京秋四咏

红枫

清霜凝厚重,已贯沐秋风。
叶赤情难老,沉思书页中。

火炬

秋深红似火,昂首入霞天。
照亮人间路,成灰亦等闲。

银杏

秋染金黄色,千年活化石。
指间光似箭,一树古今诗。

黄栌

霜后先红脸,皆当枫叶看。
埋名秋色里,一样送斑斓。

感时

阴雨成愁绪,落花多感伤。
人生荆棘路,放眼步春光。

赠青年朋友

胸怀鸿鹄志,刻意恐难求。
历日勤修勉,渠成水自流。

香山·香炉峰

信步香炉顶,雾开四望通。
山川腾瑞气,致远碧云中。

夜宿捧河湾

岭上一钩月,山村几处灯。
白河屋后唱,入梦伴蛙声。

院中樱桃

风摇枝叶绿,雨洗锦花开。
阳暖珠玑笑,庭前迎客来。

重游瘦西湖

初临只解瘦,再顾知灵秀。
细品悟其神,深读文蕴厚。

海棠花

不求花冠王,吐蕊献芬芳。
雨后添娇艳,阶前静对窗。

思(一)

天顺抑骄满,逆流知鼓帆。
常思成败事,雨后艳阳天。

思（二）

足迹回头看，蹉跎勇向前。
鹏程千里万，一步一层天。

学诗

诗路无穷尽，重温万卷书。
潜心敲字句，信步上征途。

随感

春日播希望，金秋收硕果。
少年酬远志，勤奋步星河。

孙女昕昕儿童画展获优秀奖寄语

轻鸿存志远，重彩绘新天。
试笔露头角，明朝展续篇。

题建成画虎

坐视山林静，击扑盖世雄。
笔端生百态，一展大王风。

题赠吴守箴书法展

广纳山川秀,深思日月长。
豪情出笔下,神奇墨生香。

日本富士山

先染晨曦色,身披落日霞。
五湖浮倩影,神往主人家①。

【注】
① 日本称富士山为"主人家"。

访灯塔市①古燕国高句丽遗址

太子河西去,苍凉掩古城。
高句遗往事,灯塔亮新城。

【注】
① 灯塔市围绕太子河新规划的开发区。

叠翠潭迎浪石

叠翠山川秀,溪流汇碧潭。
任凭风雨骤,破浪矗中坚。

天女浴池

仙女从天降,神工造碧池。
山泉甘露液,出水附凝脂。

溶洞银狐

碧玉无瑕体,身披气雾绒。
亿年修造化,动静小生灵。

玉溪精神

玉琢方成器,溪流自有源。
精诚谋建设,神助艳阳天。

游秀山

殿宇层层匾,楼台步步联。
墨痕依旧在,神韵把魂牵。

老子山

老子山无影①,寺中洞有仙。
道家修自在,万事共随缘。

【注】
① 老子炼丹处,海拔只有29米,名山无影。

咏竹

芽坚能破土,枝韧好经风。
空纳春秋史,节结日月情。

贺理工大学春韵诗社《春韵之声》出版

世间无定界,文理本相通。
问道云天外,欣闻春韵声。

平谷桃花节

一片桃花海,接天万顷霞。
扶枝羞比俏,人面胜桃花。

新气象

"四风"清扫日,公仆入家门。
广纳群言策,神州气象新。

地气

新风接地气,民意大如天。
重聚拔山力,陶钧筑梦圆。

五大连池市

喷发岩浆口,断河造五池。
温泉招远客,地动自然诗。

江郎山

三刃青峰立,比肩一线天。
抚云常问月:仙子几时还?

万峰林

群峰拔地起,列阵布成林。
指处腾龙舞,茫茫烟雨深。

马岭河峡谷

一剑开深谷,湍流万仞中。
银河天上泻,雨霁化霓虹。

红色密码箱

在八珠革命纪念馆,展出一对习仲勋同志(时任陕甘边苏维埃政府主席)使用过的红色皮箱,称奇的是皮箱的密码锁不是数字,而是一首古诗。其中秘密只有主人明白。

巧设皮箱锁,中含一首诗。
欲开须对句,谁解主人思。

观环县皮影

刻画刀精细,民间传艺人。
道情情不尽,影外有余音。

都江堰

岷江突一堰,鱼嘴水分流。
旱涝从人意,巴中千里秋。

宝瓶口

玉垒开瓶口,从人岷水欢。
田间翻稻浪,呈给李冰看。

安澜桥

虹桥几变迁,数代索安澜。
故事随流去,春江映月圆。

蒲公英

撑起丝绒伞,随风向远方。
离乡追梦去,落地布春光。

偶思

共饮一江水,堪称百样人。
征途风雨路,深浅不同痕。

歌风台

布衣成伟业,纳谏顺民心。
情洒风歌里,撼天动0地吟。

放鹤亭

振翼云霄外,披霞鸣九皋。
当歌情永驻,把酒醉江潮。

撑伞女

潇潇帘外雨,花伞趁佳人。
独立桥头上,谁能读此心。

朱德

愤然辞旧部,举义创新军。
战场红司令,功昭日月人。

重访中原小镇"南洋老房子"咖啡屋

回访老房子,咖啡馥郁香。
南洋非海外,恋我是侨乡。

冬韵

昨夜浓云佈,今晨瑞叶飞。
银装红一点,独醉那枝梅。

黄家山观密云水库落日

日隐青山后,霞燃碧水中。
虽言人已老,不误夕阳红。

秋思

昨夜秋风劲,丛林密叶疏。
山川顿寥阔,何有一愁乎。

听 涛

岭上闲云绕，晨曦水面明。
亭中人伫立，低语问涛声。

登依斗门城楼

悲秋随水去，得句筑诗城。
自始江楼上，心潮久未平。

携妻游阿瓦山

欲睹青山秀，千阶步履艰。
臂弯权作杖，回报目光还。

五律

一带一路

重启丝绸路，神州联五洲。
驼铃穿大漠，商贾聚关楼。
班列环球骋，巨轮蓝海游。
多边争话语，竞渡占鳌头。

寒冬

2015年岁末，多国遭遇极端寒冷天气，暴风雪席卷北半球，美国称为"怪兽"，中国称"霸王天气"。

暴风雪席卷北半球

全球呼变暖，岂料降奇寒。
"怪兽"侵欧美，"霸王"封海川。
屋檐垂玉柱，牖户挂冰帘。
既少回天力，何违大自然。

查济古镇

帘外潇潇雨,巷中花伞移。
清溪吟岸柳,俏女浣罗衣。
室雅迎茶客,楼高飘酒旗。
家家支画版,妙手绘传奇。

小汤山疗养院漫步

松柏林荫道,湖边蒲草青。
鸳鸯交颈语,喜鹊踏枝鸣。
盖叶托仙子,拱桥牵短亭。
九华分秀色,健步作行星。

邓稼先

少年逢战火,留美苦登攀。
报国归心切,拥核举步艰。
高空投"炮仗",平地起云烟。
更筑强军梦,歌呼邓稼先。

寒露

秋深浑不觉,遍野已生黄。
昨夜风兼雨,今晨露成霜。
顺时知冷暖,何必话凄凉。
身处缤喧界,尘寰放眼量。

杭州G20峰会

三山城一面,八月桂香浓。
西子迎嘉客,苏堤献玉虹。
圆桌元首聚,丝路友邦通。
激起钱塘浪,龙腾四海中。

汗血宝马

踏碎天山雪,挟来西域风。
嘶声堪裂谷,磨掌即扬鬃。
征战狼烟里,横戈敌阵中。
凯旋淋汗血,铁骨任行空。

过牛岭

一条分界线,气象两重天。
岭北风挟雨,山南日映岚。
欧翔鸣海阔,客至乐心闲。
但愿同凉热,融情大自然。

【注】

牛岭位于海南岛北回归线上,一岭之隔,热带、亚热带气候有明显差异。

海南七仙岭

晴川腾紫气,幽涧涌温泉。
椰树参天立,沙鸥逐浪旋。
凡尘思胜境,仙女降人间。
往欲何方去,高声问远山。

春雨

一冬无雪影,三月雨潇潇。
玉露滋桃蕾,微风剪柳梢。
春寒将进酒,茗淡醉翁操。
对罢飞花令,躬身送过桥。

题颐和园十七孔桥晚照

日挂佛香阁，霞光桥孔穿。
平湖镶彩带，薄暮笼皇园。
鸟宿山林静，船浮水岸闲。
凝眸思往事，梳理不成篇。

【注】
1.颐和园是慈禧太后挪用海军军费建造的，而为今日留下了如此人间胜境。是功是过？
2.霞光穿桥洞只有在特定时日才能显现。

消夏

柳上蝉声噪，池中蛙鼓簧。
举棋拼小卒，品茗退骄阳。
摇扇桐荫下，吟诗水榭旁。
烦恼云带去，心静自然凉。

建军90周年朱日和阅兵观后

南昌烽火起，九秩点兵戎。
七月拼沙场，千军贯日虹。
新装同亮相，勇士自称雄。
胆敢侵疆土，挥戈唱大风。

沽酒农家

转瞬至清秋，邀月时正好。
湖中落叶残，树上蝉声渺。
宾客入农家，骚人无寺庙。
干杯酒一壶，其像当能料。

【注】
　　大兴半壁店森林公园雅集，从辛稼轩词"料青山见我应如是"句分韵得料字。

卢沟桥

卢沟悬晓月，永定张寒烟。
辙印沧桑史，桥留弹雨斑。
雄狮今拭目，古渡几凭栏。
不觉阴风冷，胸中热血翻。

题蟹爪莲

不惧玲珑貌，蟹肥依次排。
千荷争夏日，万菊霸秋台。
少有文人颂，多将姓氏埋。
梅香从不妒，默默报春来。

仓颉创字

悟道凡尘事，仰观天际星。
描模涵意像，化字俱神形。
横竖山川韵，仄平金玉声。
千年魂魄在，今朝世界兴。

酷暑

酷暑身心懒，无端诸事烦。
蝉鸣音失律，蛙鼓调非前。
落笔难成句，品茶堪养颜。
连绵阴雨霁，喜看彩虹天。

访官田中央兵工厂旧址

四面青山翠，传奇村里藏。
前方鏖战急，后厂抢修忙。
土炮扎松管，钢刀淬血光。
军工由此始，步步不平常。

2018岁末，喜获刘征老签名赠予的木刻线装本《刘征诗钞》

曾获《龙蛇草》，《诗钞》情更珍。
题签飞墨劲，评语入心深。
梅老骨犹壮，峰高景自新。
燕山多赤子，不忘育兰人。

【注】
题签、评语句指刘征老曾为拙作《鸟巢集》题写书名，并作修改评注。

奥园春早

薰风生细草，翠上柳梢头。
线放群鸢舞，河开野鸭游。
迎春花抱蕊，漫步径通幽。
更有林中鸟，啾啾唤我留。

东湖绿道

季月天明媚，珞珈横翠屏。
涛惊阴雨霁，雁落丽人行。
秀撷磨山上，幽寻幻境生。
舟归夕阳里，不忍别江城。

编钟

沉睡千年后，曾侯乙梦醒。
编排悬宝器，击筑发金声。
起舞宫王醉，歌吟韵律兴。
春秋多变幻，日日伴江鸣。

武汉大学樱花大道

珞珈山滴翠，绿道早樱繁。
楼外烟霞绕，枝头雪浪翻。
风微花雨落，树静鸟声喧。
浩浩东湖水，莘莘学子园。

空中草原

太行山里边，碧圃半空悬。
放眼千峰秀，抒怀三界宽。
野花镶裤角，云朵作皇冠。
世上多奇境，天方非夜谭。

初值夜哨

初巡流动哨，寒夜伴风高。
芦苇沙沙响，绒花片片飘。
手中枪壮胆，心底气冲霄。
待到东方亮，红霞染绿袍。

【注】
　　1961年由军校下连当兵，到空军某仓库锻炼，时年16岁，身高不足1米6，第一次上夜哨，不免有些胆怯。

颐和园西堤踏春

长堤分渌水，小憩界湖桥。
望玉泉山隐，惊蓬莱岛摇。
雕梁归燕语，垂柳映花娇。
不必言西子，登船听玉箫。

访西柏坡

冀中根据地，背倚太行山。
电信传三役，兵棋布一盘。
聚贤明史训，赶考寄箴言。
浩渺岗南水，清波定有源。

房山商周遗址怀古

纣灭周兴起，封侯始固疆。
琉河生激浪，旷野主燕王。
目睹铭文鼎，心开历史窗。
三千年变幻，人世几沧桑。

访中国最后一个原始部落——翁丁

越过千重岭，停车云海边。
寨门闻木鼓，草屋起炊烟。
佤府香茶煮，牛头古树悬。
苍颜仍未改，举目月初圆。

【注】
翁丁由原始部落直接跨入新时代。

过瞿塘峡

峭壁齐天矗，夔门碧浪腾。
何人修栈道，哪日断猿声。
筑坝平湖起，登船微雨停。
江峡依旧是，神女更柔情。

登白帝城

面水城一座，夔门锁巨澜。
诗廊存玉律，庙宇列先贤。
垂老刘公去，托孤宰相前。
观星楼举目，胜败可由天？

满城汉墓

西汉诸侯国，中山主靖王。
朝纲常看淡，酒色惯称强。
金缕玉衣裹，宫灯妻室藏。
千年重现后，睹物叹兴亡。

方顺桥

石拱桥三孔，雄狮镇两端。
雕栏工艺绝，分水闸门前。
斑驳越千载，穰丰汇一川。
求能尧访舜，漫步说先贤。

【注】
方顺桥亦称访舜桥，双凤桥，传说尧帝求贤访舜，并将二女许嫁而得名。

盛夏傍晚雨霁,同李树喜,陈廷佑,荀德麟,王爱民等诗家漫步第一城有记

天开风雨后,大地晚霞收,
罨秀皇家气,回眸古韵流。
荷塘花献魅,苑囿柳呈柔。
不去寒宫住,同登第一楼。

下塌香河第一城

疑是前门外,园林复帝京。
琼楼迎故友,骚客聚中庭。
举酒肝肠热,吟诗韵律清。
滔滔运河水,日夜咏新城。

武当山

雾锁凌绝顶,云飞入寺门。
松吟玄妙意,山铸道家魂。
习武拳刀剑,修持精气神。
功夫形在外,心至是天人。

唐山湿地公园

浩渺芦花荡，曲桥连水乡。
路边花斗艳，堤岸柳生凉。
鸟雀归巢宿，鱼龙入梦翔。
减排添绿色，低碳丽天长。

瓜洲渡口

风雨瓜洲渡，江河汇水平[①]。
纵横帆影远，断续汽笛清。
同是一轮月，何堪两样情。
诗廊吟不尽，更上望江亭。

【注】
① 指长江与运河交汇水流平缓。

金湖印象

苏北江南景，三湖浮绿城。
花香邀远客，水阔引真龙。
尧帝留文脉，才贤继纬经。
荷乡新气象，百里绽霓虹。

京杭大运河行

一河牵五水①，京蓟到苏杭。
数代通衢史，千年著典章。
新城扬瑞气，古镇沐昭光。
两岸丹青影，逐波韵味长。

【注】
① 五水指京杭大运河贯通了海河、黄河、长江、淮河、钱塘江五大水系。

恭王府相约海棠花开

龙脉含珠玉，一宅集百园。
亭台衔碧水，古木挽霞天。
和第①兴衰史，红楼真假言②。
海棠遗旧韵③，往事化云烟。

【注】
① 恭王府时称和第。
② 专家考证恭王府与红楼梦亦有关。
③ 恭王府史有海棠雅集。

大槐树寻根

万户大迁移，家分骨肉离。
眼中槐树远，梦里故人稀。
别土茫茫路，思乡漫漫期。
寻根千里外，归鸟[①]绕枝啼。

【注】
① 归鸟为一种灰雀。每逢清明节无数只从四面八方飞来，绕大槐树翔飞啼鸣，清明节过后，又无影无踪。当地称："思乡鸟"。

大寨

重温学大寨，欣上虎头山。
昔日狼窝掌，今朝别有天。
七沟禾染绿，八岭柳含烟。
总理碑亭[①]处，犹闻醒世言。

【注】
① 周恩来总理三上大寨，今建纪念碑亭。

杭州·胡雪岩①故居

商道贵诚信，富贫心不分。
成荣勤善勉，仁义降天恩。
沉缅十三太，累积千万金。
物极终有反，衰落问何人。

【注】
① 胡雪岩，官二品、红顶商贾。从安徽到杭州，从学徒伙计到聚集的财富比当时清政府国库还多的富商。曾娶十三房太太。宅院、家具由金丝楠木等高贵木材建造。后衰败。

奥体公园

矗立中轴线，俯瞰万亩园。
仰山观落日，临水荡龙船。
健步林荫道，佳茗鸟语间。
京都新景录，奥运有馀篇。

雾锁中秋月[1]

举目帐高空,依稀几点星。
卢沟晓月暗,烟树蓟门朦。
颗粒超排放,阴霾待借风。
天河寻不见,每念故乡明。

【注】

[1] 儿时故乡中秋,月光皎洁、银河浩瀚、繁星满天,而今日京城很难有那样给人以无限遐想的夜晚。远方的亲人,知道我在想你吗?

宜居吴江

天赐鲈乡[1]秀,地缘区位优。
文光昭日月,风物写春秋。
新绘蓝图美,争来远客稠。
城乡凝七彩,竞渡立鳌头。

【注】

[1] 西晋著名文学家张翰咏吴江名篇《秋风歌》,以"吴江水兮鲈正肥"即得名。

澳门葡京赌城

入室笼中鸟，门悬数把刀①。
轮盘圈似洞，老虎口如瓢。
骰子机关妙，纸牌魔力高。
劝君洁自好，嗜赌必折腰。

【注】
① "入室""门悬"句，赌城外形似鸟笼，门前柱子像利刃，进出必被割肉。

水上森林

密林千万顷，不复见骄阳。
双鹭腾空舞，群鸭戏水忙。
参天杉翠绿，透骨水清凉。
身在浓荫处，恍然入梦乡。

贺金亭老师80大寿

伏案敲诗句，挑灯选雅篇。
毫端明导向，卷首述箴言。
纵论繁荣象，长谈步履艰。
耄耋堪一笑，桃李自翩翩。

【注】
杨金亭先生长期任《北京诗苑》主编并撰写"卷首语"。

水仙花

待势蓄藏久，应时吐嫩芽。
吸吮清澈水，竞放玉洁葩。
无意争芳艳，但求赐信婼。
叶黄情不尽，香遗万千家。

红螺寺

红螺天相地，古刹越千年。
藤寄苍松友，竹结银杏缘①。
梵音祈鹤寿，钟鼓报平安。
定律通因果，人生当自鞭。

【注】
① "藤寄""竹结"句，寺中有古藤盘松、御竹林和千年银杏树。

寄贾岛

——写在贾岛诗词理论研讨会上

诗坛一代骄，字字苦推敲。
骨瘦闲吟月，位卑思问朝。
才名成寂寞，浪迹付风骚。
有信寄黄鹤，归来鸣九皋①。

【注】
① 丁令威，化鹤归来；诗经鹤鸣九皋，声闻于天。

国庆

2009年国庆节期间，恰逢中秋。家家欢庆建国60周年，户户亲友团聚，更思念远方亲人。

国庆升明月，九州万户亲。
北疆托大雁，南海寄流云。
短信祝福语，长书惦念心。
牵情同感悟，梦聚远方人。

宿稻香湖景宾馆

稻香湖景丽,宾客四方迎。
微笑身心暖,周全情意浓。
荷塘花吐蕊,桐路叶连棚。
入梦鱼屋①里,陶然一醉翁。

【注】
① 稻香湖建设为金鱼型,客房称鱼屋。

淮安诗教

群贤集楚地,诗教沐春光。
论坛谋方略,成文议短长。
新芽逢雨露,玉树扮城乡。
同唱和谐曲,扬帆奔小康。

夏都延庆

七月炎炎日,纳凉寻夏都。
群山披绿锦,农景展新图。
五谷宗生态,百花竞丽殊。
漂流消暑气,又醉野鸭湖。

梵蒂冈·大教堂

国小市中立，一城大教堂。
诗班歌圣典，琴管乐清扬。
忏悔言行误，祈求福寿长。
人人施友爱，处处沐春光。

贺神舟九号与天宫一号成功对接

长空一九会，牵手静无声。
壮士英姿爽，嫦娥羽翼丰。
朝迎十六日，暮抚万千星。
再绘航天史，征途新里程。

参访联合国总部

放眼地球村，不同肤色人。
幅员分大小，财势有盈贫。
合作潮流涌，纷争战事频。
硝烟何日散，共享月一轮。

过淮河入洪泽湖口

轻舟穿画障,江鹭任飞旋。
重舸排龙阵,渔翁垂钓竿。
灯标忽隐现,丽水豁然宽。
浩瀚河湖口,浪击一线天。

悼罗阳同志

平生航母梦,心注舰机情。
起降如云燕,飞翻似巨龙。
蓝天亲日月,碧海度秋冬。
血筑长城固,英灵化彩虹。

参观雷锋纪念馆

普通一士兵,奉献写人生。
西点崇其志[①],神州以他荣。
乐于为小善,守信践言行。
一首心中曲,山河起共鸣[②]。

【注】
① 美国西点军校也尊崇雷锋精神。
② "唱支山歌给党听"传遍祖国大地。

捍卫钓鱼岛

干戈燃甲午,难忘九一八。
炮惊卢沟月,刀屠江岸花。
军国白日梦,右翼噪声哗。
指染钓鱼岛,今昔罪并罚。

琴岛(小青岛①)

绿树遮红瓦,云高海湛蓝。
渔夫追细浪,琴女望归帆。
天地情长久,春秋月共圆。
赤礁生死血,至爱写人间。

【注】
① 相传小青岛的美景吸引天上仙女下凡,与渔夫相爱,每天弹琴等渔夫归来。然而天庭不允,遂害渔夫于海上。琴女痛绝撞礁石而死,鲜血将礁石染成红色。

新风

——写在2013年两会

华堂发正声，九域荡春风。
执法关"笼子"，反贪打"虎蝇"。
轻车村寨走，众意炕头听。
惟志中国梦，扬帆万里程。

永济中条山夜景

日垂千嶂暗，野旷见星繁。
疑梦银河落，凝眸大地连。
满山灯闪烁，一市夜斑斓。
袅袅月光曲，闲情舞步圆。

法国香榭丽舍大街

游客匆匆步，不同肤色人。
繁华香榭路，荣耀凯旋门。
栉比品牌店，雍容雕塑群。
晚霞织幻境，入夜更销魂。

黄河铁牛

湍湍河水险,遥望客难还。
两岸神牛驻,一桥铁索连。
镇洪缚猛兽,固坝护桑田。
鹳雀楼台月,清辉撒故园。

世风·中央转变作风八条公布后,世风好转有感。

节俭一声令,"三公"消费低。
名牌茶酒冷,豪店客人稀。
从政廉为道,经商信是旗。
长堤封蚁穴,何惧水流急。

访郭小川故居

郭小川故居位于河北省丰宁县凤山镇,因年久失修而关闭。门前照壁上书有其代表作"青纱帐·甘蔗林"等名篇。

穿越青纱帐,梦回甘蔗林。
凤山寻故地,骚客扣柴门。
锈锁无情面,茅屋破旧身。
奈何人远去,照壁会诗心。

观舞剧月上贺兰

大漠丝绸路，驼铃西域来。
青山扬手臂，绿水敞胸怀。
情定贺兰月，魂牵烽火台。
杞红丰获日，回汉笑颜开。

晚登鹳雀楼

九曲黄河水，衔云鹳雀楼。
神牛连广宇，古寺解情愁。
檐挂一钩月，川播万里秋。
名诗扬四海，谁不识蒲州。

大陈村新风

四面山滴翠，街居不染尘。
母亲一碗面①，儿女百年恩。
邻里真情处，阖家和睦亲。
新风扬万里，吹遍幸福村。

【注】
① 《母亲一碗面》为村歌名。

第一次单独上夜哨①

初值流动哨,寒夜伴风高。
芦苇沙沙响,绒花片片飘。
手中枪壮胆,心底气冲霄。
终待东方亮,红霞染绿袍。

【注】
① 16岁当兵,第一次夜间单独上哨,恰遇风雪,小路两侧的芦苇比肩高,不免有些胆怯。

苗族姑娘

头饰银光闪,身着彩绣装。
踏歌山唱和,起舞鹤飞翔。
移步铃声脆,回眸韵味长。
飘然含笑过,衣袖带花香。

进苗寨

溪水绕村寨,青山抱客家。
醇浓一角酒,香淡数杯茶。
墙壁图腾画,竹楼姐妹花。
各族和睦处,一起打糍粑。

山城堡战役纪念园

临战川塬静，夜黑难辨人。
红军张口袋，胡旅入迷津。
摸帽挥刀砍，拉衣举棒抡①。
山花先烈血，碑记慰英魂。

【注】
"摸帽""拉衣"句，因黑夜难辨敌我，肉搏战靠摸帽子、衣服臂章来分敌我。此战大捷也是红军最后一战，消灭胡宗南一个王牌旅。不久即发生西安事变，促成国共合作。

刘园子煤矿

沉睡亿年后，乌金方闪光。
资源优化采，风险用心防。
井立塬梁下，电输坑口旁。
陇东新跨越，步步写辉煌。

七绝

诗话奥园十八景

奥林匹克公园管委会,于北京奥运会十周年之际,发布了奥林匹克公园十八景名称。笔者有幸参加了命名工作,特为十八景配诗以记。

盼梦成真

熊猫盼盼颂祺祥,亚运功勋助奥忙。
待到中华圆梦日,一行脚印记辉煌。

和光瑞阙

彩灯点亮万千家,民族之花映晚霞。
一曲《北京欢迎您》,至尊瑞阙放光华。

北顶飞霞

黛瓦红墙落碧霞,泰山之女量无涯。
奥林得助神仙力,万众京城赏日华。

【注】
北顶娘娘庙供奉东岳大帝之女碧霞元君。

鸟巢圆梦

奥运京城筑梦巢，横斜铁骨展雄豪。
人文绿色高科技，七彩烟花映碧霄。

奥运之光

赫拉神庙采灵光，传递全球喜若狂。
举目京华燃圣火，祥云映照冠军墙。

水蕴方圆

红黄蓝绿色斑斓，蝶舞燕飞冰上旋。
赤子心怀华夏梦，能将水泡塑方圆。

七院文华

宫门御道达瀛洲，秀木花厅叶上秋。
四合精华谐趣处，声声礼乐古风留。

【注】
此景为七处北京古建精华之合，有百面响鼓，成排铜箫。

奥塔流云

五环奥塔入云端，七彩霓虹映月阑。
掣电飞登生命树，湖光山色共遐观。

【注】
奥塔设计理念为生命之树。登上观景台万亩奥林一览无余。

仰山胜景

森林万顷色斑斓，水岸芦花逐浪翻。
奥塔流云伸手触，风光尽在仰山巅。

五环同心

宣言问世百年前，连接五洲同月圆。
雕像碑文召后世，人间愿景远硝烟。

一路走红

奥林万亩育青葱，大众健身同走红。
花伴莺鸣心自爽，康庄路上疾如风。

碑林汲古

现代园林留史痕,曾经散失集长存。
碑文遗事引深考,汲古扬新待后昆。

花田野趣

阳坡日暖少阴霾,应季繁花次第开。
蝶舞蜂飞香满袖,溪桥曲径久徘徊。

银杏叠金

奥海岸边银杏林,秋风摇落一层金。
霞穿枝叶光如箭,但过游人摄入心。

双园接翠

南北园林隔五环,花廊翠道紧相连。
同行松鼠脚边跳,共享和谐大自然。

奥海游龙

奥园水系绘图腾,疏浚清河正本名。
龙跃鳞光巢影动,仰山顶上紫云生。

钻石星辉

天边滑落吉祥星,嵌入园林照眼明。
中网公开新赛事,女生满冠待男生。

冰丝炫彩

冰刀轨迹化模型,飘逸如丝举世惊。
竞速健儿轻似燕,国歌常伴国旗升。

鸟巢(二首)

(一)

衔来四野碎枝桠,风雨编织玉树家。
不负恒心积日月,身居陋室志天涯。

(二)

风格创意不雷同,横竖斜拉大匠工。
成就百年奥运梦,丰碑一座矗京城。

访曹雪芹故居遇雨（五首）

（一）

寻跡西山草木青，故居存考引诗灵。
隔空对话虽无语，共与先生听雨声。

（二）

日夜沉思黄叶村，如姻世事理难分。
心托一纸红楼梦，假语人间情亦真。

【注】
黄叶村即故居所在地。

（三）

静谧荷塘笼柳烟，清贫娇子忆江南。
挥毫饱蘸辛酸泪，春恨秋愁不胜寒。

【注】
娇子忆江南指曹家曾为江南织造，青少年时生活富足优越。

（四）

百代国槐枝叶繁，犹如芹圃那苍颜。
躬身询问红楼事，止雨驱云指向天。

【注】
门前三株古槐距今四百余年，芹圃为曹雪芹字号。

（五）

以礼相交世态凉，因财而散友情伤。
先生题壁残墙隐，作意今人辩墨香。

瞻李大钊纪念馆

铁肩担起世间忧，道义宏声动九州。
冷眼刀丛存浩气，英魂化作百花洲。

访临江阁

战场朱毛真弟兄，临江阁①上话军情。
燎原星火长征路，一曲重阳旭日升。

【注】
① 五次反"围剿"中，毛泽东在临江阁养病。战事吃紧，朱德连夜去看毛泽东，并请他回去指挥部队。《采桑子·重阳》就是毛泽东在临江阁写的著名诗篇。

南社百年

雅集逸史百年春,风骨情怀依旧存。
赋尽沧桑今古事,一腔热血铸诗魂。

西湖秋雨

黄昏独自断桥边,冷雨轻敲荷叶残。
无奈三潭无印月,迷津水雾隐孤山。

黄山云雾

山中云雾雾中山,山涧云飞逐浪翻。
云落山间千尺瀑,云腾山挺锁群峦。

登唐山凤凰台

老矿春风紫气来,废墟化作凤凰台。
五湖九岛江南景,一展新图妙剪裁。

由厦门至龙岩

高架纵横七彩桥,日还千里不知遥。
近连山水通天路,远引五洲栖凤巢。

江西婺源

白屋青瓦马头墙，水绕人家樟树香。
砖木石雕遗古韵，风光无限小村庄。

庐山四季

春雨潇潇云雾浓，夏风遍撒杜鹃红。
秋霜重抹彩虹色，冬雪晶莹塑玉容。

清明[①]

暖风一夜柳丝新，又是清明欲断魂。
岁岁追思千里外，怀情遥对故乡吟。

【注】
① 因分管殡葬工作，需在京坚守岗位，难回故乡扫墓。每逢清明，格外怀念已故的亲人。

古河口战场遗址

战马嘶鸣箭满弓，风沙狂卷壮杀声。
三千击溃敌十万，喋血松江夕照红。

读李白传

书剑飘零踏九州,空怀热血志难酬。
一生阅尽沧桑事,化作诗篇万古流。

千尺瀑

白云着意挽青山,谁断银河落碧潭?
连串琼珠崖上挂,夕阳幽谷赏垂帘。

寄玉树

灾难何摧玉树人?三江呜咽问昆仑。
中华再聚全民力,试看高原日月新。

元大都遗址赏海棠花

大地回春万象苏,海棠娇艳乱千株。
土城梦觉沧桑换,七彩云霞落大都。

月牙泉（一）

大漠雍容抱月牙，夕阳西下枕鸣沙。
游人赤足登攀处，似奏琴弦响浪花。

月牙泉（二）

远客品茗泉月边，忽惊漠顶挂新镰。
湖光银影春芽色，勾出中华亮丽天。

参观白乙化纪念馆

弃笔从戎小白龙，燕山抗倭战顽凶。
拼将热血染红叶，一曲壮歌回碧峰。

西路军

河西大漠战顽凶，浴血祁连柳染红。
壮烈悲歌笃信念，万千儿女化金星[①]。

【注】
① 红柳切断红心可看出五角星。

拉练·夜行军

翻山踏雪载繁星，口令村庄脚步轻。
百里如飞衣汗透，扎营易水日曈曚。

春节·马来西亚

昔日留洋在梦中，今朝四海五洲行。
国门开放龙飞舞，处处可闻华语声。

附：

李增山和韵

天下风光尽眼中，任由才子负囊行。
异乡虽是多华语，可似家乡那一声。

钱

闻熟悉的领导干部和一起工作过的人因贪腐犯罪而叹。

孔方够用忌贪婪，有道来之莫比攀。
巧取豪夺身外物，人财两去入牢监。

权

权本人民委重托,勤廉自勉绘山河。
难得淡定任评议,滥用谋私必被捉。

贺王玉明院士诗词、摄影研讨会并新书首发式

诗咏人间尽是情,影辑万象荡春风。
心中自有千般爱,新月仁山[①]信步行。

【注】
① 新月指诗集《荷塘新月》,仁山谓摄影集《智水仁山》。

步王玉明老师《心境》韵

山路清幽红叶铺,朗天星伴月何孤?
晚霞胜似朝霞色,不老诗心愁绪无。

附：

王玉明老师《心境》

小丘黄叶满阶铺，举目林间月影孤。
老树新枝皆静寂，寒潭心境可知无？

新北纬饭店[①]

天桥盛景亮京华，文化传承又一家。
风味佳肴独特处，诗书翰墨伴新茶。

【注】
① 新北纬饭店十分重视企业文化建设，以天桥传统文化为突出特点。尤以大堂中"天桥盛景图"反映了当时天桥繁华景象。"天桥梦"又为喜爱京味文化的人搭建了活动平台。

出席国庆招待会[①]

请柬镶金总理签，华堂国庆聚英贤。
举杯展望复兴路，共祝神州月更圆。

【注】
① 2004年国庆节受邀出席人民大会堂国庆招待会。

全国双拥模范大会①

鱼水难分情意深,双拥共建报佳音。
军民携手长城固,齐聚华堂笑语真。

【注】
① 2004年出席全国双拥工作大会。并被授于"全国拥军模范"称号,受到中央领导接见,并合影留念。军民齐聚华堂,尽述军民鱼水情。

丁香

平生难作栋梁材,装点早春花竞开。
不羡娇妍争富贵,清香缕缕上楼台。

无题

飞絮随风满地扬,一时得意便颠狂。
漂浮无奈时光短,日月还需放眼量。

情

友情失去最难寻,如若珍惜当厚今。
聚散平常期会日,天长易逝用心存。

读石理俊先生诗话

立意高新入细微,熟思落笔破重围。
古今广引锦章句,夫子诗情展翼飞。

庆祝建党90周年

红船灯火九十辰,凝聚赤旗华夏魂。
引领工农千百万,山河巨变四时春。

比利时·小尿童①

无情战火欲摧城,一动机灵耳目聪。
金水阻隔兵百万,凛然正义小英雄。

【注】

① 小尿童的塑像建于1619年,竖立在比利时首都布鲁塞尔市中心区恒温街及像树街转角处。有关这座塑像的传说有很多版本,其中最为人熟知的是为了纪念一名叫作于连的小男孩。在二战期间,他机智勇敢地用尿水浇灭了敌人的导火索,保护了城市。

焦虑

灾害事故频发。今又闻温州发生高铁重大交通事故，惊心。

崛起又逢多事秋，世风功利庶民忧。
赞歌充耳真言少，虚假浮夸何日休？

可敬温州人

动车罹难世惊心，捐血救援非故亲。
创业温州施大爱，风流一代看新人。

天坛

祭祖祭神又祭天，何如廉政庶民安。
纵观朝代更迭史，水亦行船亦覆船。

读《特别公民》接收特赦战犯纪实

帝王已死我新生[①]，战犯洗心革面容。
特赦公民归社会，脱胎换骨向光明。

【注】
① 溥仪多次讲，过去的皇帝已经死了，共产党毛主席使我获得新生。

重游杭州

吴越古城风月新,三西①令醉五洲人。
湖光塔影山滴翠,龙井一杯沁透心。

【注】
① 三西指西湖、西塘湿地、西泠印社著名旅游景点,杭州人统称三西。

康熙"福"字碑①

别有洞天藏御书,黎民帝相共缘福。
田才子寿真龙笔,一字千金举世殊。

【注】
① 建国初周恩来总理到恭王府发现一假山像龙头。龙头下必有宝。随告郭沫若将假山下已封的洞口打开,"福"字碑现世。福字可开出田才子寿字样,意为多田多才多子多寿多福。

永康①新居②雅集

西山晴雪汇金沟,春雨秋光沐将侯。
文涌才思吟雅韵,新居溢彩客朋稠。

【注】
① 永康乃总后勤部一级作家,副军职。
② 新居京西金沟河"金河嘉园"。

贺北京诗词学会第四次代表大会

春雨潇潇万象新，诗园几代育花人。
大江东去看潮涌，共奏京华风雅音。

神农架

车外风光目不暇，赤橙黄绿遍山崖。
登峰拥吻白云朵，极目荆州尽物华。

神农氏

耒耜农耕始创新，亲尝百草送瘟神。
华龙代代承先祖，改地换天看后人。

鹿回头

逐鹿南山见孝行，临崖回首露娇容。
结缘千古传佳话，真爱人间自永恒。

法国卢浮宫蒙娜丽莎像

秋水望穿万顷波,闺情心事与谁说?
凝眸一笑生千媚,绝代娇容半卷荷。

榆林统万城遗址

遗址千年觅旧踪,城池彰显夏王风。
万邦统领终成梦,大漠新天沙柳青。

顺义花博园

百花绽放彩蝶忙,水幕琴弦奏乐章。
大地歌飞杨柳舞,春风飘过送清香。

温州江心屿

宋唐双塔伫鸥江,八百仙家诗墨香。
描尽温乡山水色,未笄今日秀时装。

枫吟诗社成立20周年

耕耘不辍论诗文,缘是农研科技人。
倾诉真情天下事,雅风拂去世俗尘。

贺朝阳"军休"秋芳诗社成立

昔驰疆场尽国忠,今步诗坛爱晚晴。
历尽沧桑千古事,畅流笔下见豪情。

赠李元华老师

四海五洲天籁音,放歌公益唤人心。
华堂边塞吟风雅,德艺双馨最可亲。

怀柔水长城

黄花古塞觅奇观,滴翠群山湖湛蓝。
忽见巨龙潜入水,腾空直上碧云端。

振兴怀柔

怀山拥抱五洲客，柔水亲和四海人。
振翼鹏程千万里，兴邦自在顺民心。

痛悼孙轶青会长

倾心国粹尽平生，引领诗坛唱大风。
精品二为三贴近，迎来新纪百花明。

南山寺

梵宫面镜背依山，金玉观音佑大千。
海陆渔农逢雨露，九州一派艳阳天。

香港紫荆广场

每念香江心不平，百年圆梦展新容。
明珠焕彩添春色，金灿紫荆堪寄情。

无题

回眸牵手四十年,物转星移月更圆。
挚爱人生情不老,何须盟誓共婵娟。

青海坎布拉国家地质公园

高峡一坝展平湖,云挽青山入画图。
水染丹霞①多梦幻,黄河滚滚细流出。

【注】
① 坎布拉为丹霞地貌。

八达岭镇

八达岭镇原为西拨子乡,在任分管行政区划时,将乡升格为镇并更名。时隔近20年,春节送诗联下乡至该镇,目睹其变化……

名镇风情自古传,长城脚下百花园。
八达岭上铺画卷,挥笔再描锦绣篇。

题建成虎猴图

金猴玉虎世称王,今日和谐两不伤。
欲问何来新创意,寄托大爱友情长。

青海·塔尔寺[1]

菩提一树万尊佛[2],金瓦莲花僧众多。
因果勤修今日事,天堂地狱未来说。

【注】
[1] 塔尔寺为藏传佛教格鲁派(黄派)创始人——宗喀巴的诞生地。先建塔,后建寺,故称塔尔寺。
[2] 据说塔中有一颗菩提树,每一片树叶都是一尊佛,所以要拜10万次,以显虔诚。

贺红叶诗社首届军旅诗词研讨会

恰是金秋枫叶红,满堂将士话诗风。
莫言绛灌无文笔,喜看今朝军旅情。

贺丁香诗社①选集出版

军中操箭射天狼,解甲诗坛翰墨香。
百态人间抒广意,豪情绽放笔锋狂。

【注】
① 丁香诗社为二炮部队离退休干部组织的诗社。

贺观园诗社①成立20周年

除浊扬清唱大风,箴言棘句诉真情。
廿年求索创新路,忧国忧民唤正声。

【注】
① 观园诗社是以在中纪委工作的同志组成。

海州矿山公园

矿坑八里记沧桑,煤海容颜换绿装。
伸开五指①从长计,转型新路更辉煌。

【注】
① 五指,谓矿山公园规划建设的五星级酒店和五条风情街,形似伸开的五指。

羚羊瀑

绝壁高崖一线瀑,当空闪烁撒珍珠。
莫非来自天河水,横断溪流入画图。

童乐瀑

我自山泉你那方?围城市井小书郎。
五洲四海百科卷,博记广闻作栋梁。

巴西伊瓜苏瀑布(二首)

(一)

十里涛声耳欲聋,云烟弥漫水翻腾。
千条飞瀑自天降,截断银河落九重。

(二)

试胆轻舟破浪行,飞流直泻瀑间冲。
是年耳顺童心在,依旧青春豪放情。

雪乡羊卓山观日落

绒雪没膝携手攀,银装素裹万重山。
夕阳缀树群峰暗,一缕霞光红半天。

贺阜新诗词学会成立20周年

物阜民丰广聚贤,颂今唱古二十年。
弄潮更待操船手,独占鳌头扬起帆。

贺郑玉伟白雪黑土诗集出版

军垦戍边非等闲,龙江飞雪化诗篇。
放歌黑土情无限,热血青年天地宽。

奥运会金牌榜

何可欣高低杠冠军

轻盈如燕任翻腾,飞跃杠间宿将风。
磨砺十年成大器,体操希望看新星。

郭晶晶卫冕三米跳台冠军

飞燕轻轻点浪花,翻腾转体玉无瑕。
芙蓉出水晶晶亮,皇后桂冠专属她。

张娟娟射箭打破韩国24年垄断夺冠

满弓搭箭注全神,百步穿杨中耙心。
历史从今重改写,娟娟一射壮国魂。

张宁卫冕羽毛球单打冠军将告别羽坛成绝唱

羽毛飞舞似流星,霹雳扣杀近网轻。
不老宝刀重试手,英雄绝唱告别情。

体操男女团体冠军

励精磨炼自图强,鱼跃龙腾惊四方。
狂揽九金成史册,体操儿女铸辉煌。

贺北京诗词学会成立20周年（四首）

（一）

骚客京都一梦圆，牵龙引凤聚才贤。
廿年不辍勤耕笔，满目清阴花正妍。

（二）

浩荡中华翰苑风，弘扬时代放豪情。
扎根沃土三贴近，定叫诗坛飞彩虹。

（三）

起笔狂飙燕赵风，放歌洋溢竹枝情。
若寻诗意醉人处，细品方知京味浓。

（四）

青春盛世奏华章，万里新程当自强。
云鹤放飞宏志远，诗坛自信更辉煌。

祝贺陈莱芝80寿辰

无悔军营育栋才,闲情偏爱筑诗台。
墨香韵律舒心志,特写人生向未来。

桃源仙谷·观峰台

峭壁群山独自雄,云间鹤立露芳容。
岩松迎客频招手,绝顶峰台四望通。

天画

青山铺纸笔锋狂,风雨多情绘画廊。
意境天成神韵出,人间万象景中藏。

晚飞台湾桃园机场

几度梦中台岛归,九州同庆月生辉。
桃园花好人无语,两岸何时一统随?

日月潭

多情日月走人间，西起高峰东落潭①。
隔海遥思长守望，山魂水魄总相牵。

【注】
① "西起"句，指大陆青海的日月山，台湾的日月潭。

台胞招待晚宴归来

一脉同根心手牵，几多话语未曾言。
新知旧雨依依去，相约重逢待月圆。

题驴图

骏马飞龙皆自生，农家落户日劳耕。
俱来生就倔脾气，事遇不平发吼声。

题王儒鲜桃画

大圣仙居花果山，何时潇洒度人间？
遍尝百品嫌无味，独爱寿桃一口鲜。

题王儒迎春花画

轻风唤醒柳丝垂,万里北疆思草肥。
鸿雁一行排字过,鹅黄几簇迓春归。

题王儒梅花画

百花梦落自芬芳,雨洗风梳雪扮装。
冰肌玉骨无媚态,珊瑚窗影绽清香。

贺嫦娥一号飞天(二首)

(一)

月宫迎客桂飘香,寂寞嫦娥喜若狂。
一号太空传口信,回乡天地架桥梁。

(二)

嫦娥一号瞬腾空,探秘太空环月行。
圆就千年华夏梦,和平发展起新程。

祝融峰香客

秋雨洗尘南岳青，山花铺路伴云行。
南来北往进香客，祈祷平安降众生。

回雁峰联想

日月星球轨道行，雁知回望第一峰①。
世间万物循规矩，天地人和趋大同。

【注】
① 南岳72峰回雁峰为第一峰。

平西抗日战争纪念馆

抗日枪声战事急，燕山将士聚平西。
大刀谱写英雄史，激励后人一面旗。

贺北京社会报创刊20周年

精编博采二十年，民政之声①写续篇。
社会生活百姓事，沟通上下奏和弦。

【注】
① 《社会报》前身为《民政之声报》。

银狐洞

蓬莱仙境银狐洞,旷古奇观地下宫。
物化天工神创意,珍稀国宝世间名。

聂耳故居

国势危亡振臂呼,满腔热血化音符。
悲歌义勇驱倭后,唱出中华盛世图。

洞经古乐

洞经古乐唱合声,钟鼓琴弦似水行。
唐韵宋词歌漫舞,传承旧曲颂新风。

喜闻免除农业税

千年税赋自今除,五岳三山万众呼。
开门喜见扶农策,老夫乐得皱纹粗。

井冈山仙女瀑①

青山体魄水织纱,采朵白云作鬓花。
唯爱井冈红土地,天宫虽好不思家。

【注】
① 瀑布似仙女飘落人间。随水量大小,时而纤瘦,时而丰盈,芳容万千。

贺王儒同志80寿辰

军旅征程立战功,挥毫泼墨绘丹青。
诗坛橡笔谱新曲,鹤发童心一劲松。

贺隆尧县诗词学会成立5周年

聚首尧山会远朋,喜闻五载赋新风。
丹青难画人杰地,一醉诗乡故里情。

万名孝星评选有感（二首）

（一）

当年街巷百颗星①，今有万人扬孝名。
莫道世风逐日下，中华传统久传承。

【注】
① 笔者当年为宣传居委主任的模范事迹，曾编著《街巷百颗星》一书。

（二）

龙人自古重亲情，忠孝化熔血液中。
为事追求真善美，京华处处沐春风。

榆林

四方骚客聚驼城，黄土高坡起雅风。
续写古今长画卷，放歌西部一新星。

天气预报

京城连日阴霾笼罩。闭窗禁步，心烦意乱。又恰逢世界气候大会在南非德班召开，为减少碳排放争论不休……

阴霾连日锁城楼，难理心思独自忧。
热议德班天变暖，清空几许子孙留。

参观北京福利工厂

助残福企历沧桑，自力更生小作坊。
社会帮扶今巨变，"迷奇""大宝"①创辉煌。

【注】
① 迷奇、大宝分别为生产化妆品、洗涤用品的福利企业。

宜州民歌会

曲带乡音泥土香，歌王信口涌诗章。
擂台摆在青山下，唱罢朝阳唱夕阳。

参观宜州村民自治①展览馆

自治神州第一村，公平公正树公心。
民生民主人民事，春到壮乡曙色新。

【注】
①　本人曾长期做基层政权建设工作，并主持起草了北京市"村民委员会组织法"实施办法。村民自治是对我国基层民主政治建设的一大贡献。此次参观，所展文件、人物、事件都很熟悉，感慨万千。

十万大山

沐雨携风十万山，清溪绿谷百花鲜。
氧吧离子休闲地，皓月临窗伴入眠。

对歌

雨后山间云雾开，阿哥阿妹对歌来。
百灵越过山和水，飞入中央电视台。

刘三姐故里

穿云越岭到宜州，三姐歌邀宾客稠。
八桂风情呈异彩，阿哥阿妹竞风流。

北京卷（近代）首发式

史海勾沉选雅篇，长吟短叹赋箴言。
激情呐喊诗行里，唐宋明清一脉传。

洪泽湖大堤（二首）

（一）

长堤千载历沧桑，万顷平湖沐夕阳。
点点渔舟同唱晚，层层香稻泛金黄。

（二）

十里长堤寻史游，经年水患几家愁。
浪花倾诉今昔事，临别带回一袖秋。

题赵征诗友寄赠画梅花

傲骨临风远世尘，新枝竞秀照君心。
花飞千里香依旧，顿感窗前一片春。

金秋延庆

鱼鳞植树遍山岗，松绿枫红横竖行。
醉眼金秋七彩色，长城内外好风光。

【注】
鱼鳞坑为绿化荒山凿挖的树坑。

秋游瘦西湖

秋下杨州应未迟，赤橙黄绿自然诗。
琴箫古韵楼台月，恰是清心悦目时。

金鳌玉蝀桥[①]

鳌头独占榜题名，潋滟湖光卧玉虹。
遥望瀛台琼岛塔，青云平步紫禁城。

【注】
① 金鳌玉蝀桥即为今日分割中南海和北海公园的北海桥，旧时桥东西两侧立金鳌、玉蝀牌坊。

荷兰·阿姆斯特丹市红灯区

街区阳物塑招牌，美女临窗招客来。
隐隐红灯犹刺目，自由世界看尘埃。

美国·同性恋社区

同性恋人肩并肩，街区标志碧空悬。
大千世界万花筒，光怪离奇带笑看。

仙霞关

沧桑古道越重峦，虎踞群峰万仞间。
云盖竹拥天险处，一夫立马镇雄关。

采油七厂观后

山川遍布点头机，牵引油龙步调齐。
科技领先人敬业，层楼更上待佳期。

老虎沟梯田

高塬往日显苍凉，喜看梯田绕虎乡。
疑是江南移画卷，千山万壑换新装。

张南湾水库

张南湾水库名为水库，实为一个蓄水池，是引黄工程。经过几代人的努力，十七级提水才引到甘肃环县这个十分缺水的地方。

黄土高坡老少边，终年无雨盼甘泉。
代人心血化甜水，送入千家锅灶间。

小雪节令京城大雪

大地银装一瞬裁，谁家巧女费心猜。
天公抖落梨花雨，扮靓长城舞起来。

情人节·单身族

玫瑰缕缕放幽香，灯火阑珊独举觞。
欲问银河桥上影，伊人何日会萧郎。

节日微信有感

佳节微信爆银屏，文字雷同语不惊。
醒目箴言多转载，自书半句见真情。

清波园

海棠滴露柳婆娑,二月兰花撒满坡。
待到春休红落去,芙蓉出水弄清波。

琴湖湾

草绿花红湖水清,林间百鸟互争鸣。
田园本色情难禁,任我抚琴唱晚晴。

明湖园

岸边杨柳舞春风,雨霁天清花更红。
忽见梢头悬落日,霞光万道射湖中。

桃花园

溪清草绿碧云天,舍外鲜花遍地燃。
梦里陶翁来作客,惊呼此地胜桃园。

富春园

树掩花拥别墅群,四合院里漫钩沉。
胡同情结总难忘,美酒香茶少故人。

【注】
富春园由独立的四合院和独栋楼房组成。

万晴园

秋高云淡夕阳天,北雁南飞留亦难。
知我独居人寂寞,梧桐细语隔窗谈。

双彩虹

风来霾雾去无踪,雨润山川洗碧空。
喜得嫦娥抛彩袖,京城万众接双虹。

2016年5月23日,北京雨后现双彩虹

清宫浴室遗址

小汤山湖光山色中的清宫浴室，今只余青石砌的浴池，碑记慈禧曾在此沐浴。

龙脉温泉注玉池，垂帘出浴附凝脂。
清汤难洗心中垢，历代兴亡当可思。

喜获蔡厚示先生《二八吟稿》诗集

播雨扶苗奋一生，江南塞北慕诗名。
苍松岁岁添新绿，《二八》豪吟少壮情。

说秋两则

（一）

本在春天强说秋，生活殷实不离愁。
秋愁充斥今诗句，是喜是悲还是忧。

（二）

天清大地望丰收，不解诗文满纸愁。
四季不同皆有韵，思来最爱是金秋。

艺术小镇

时闻鼓乐管弦声,石巷老街呈画屏。
文化非遗人有继,山村恣意弄风情。

梅亭

疏枝俏影入山林,面对冰霜笑不禁。
独坐亭中君伴我,人间总会有知音。

思乡

离别天涯各一方,他乡时有梦家乡。
村旁杨柳清溪畔,可记花丛赏月光。

贺黄安同志《咏光集》第三集付梓

少小追寻出洞庭,连天烽火铸忠诚。
苍茫半纪诗文记,心态阳光目自明。

【注】
　　黄安同志为离休干部,曾参加解放战争和抗美援朝战争。因伤双目失明。

海棠溪

大都城址海棠溪,粉玉朱金共斗奇。
蝶舞蜂旋香引路,风摇花雨绣罗衣。

向日葵

生就向阳心不移,晨东午正晚偏西。
少时昂首争天地,一旦成熟头却低。

傍晚漫步百亩葵花园

奥体园中百亩花,红黄紫墨斗奇葩。
谁悬落日梢头上,天地连成一片霞。

【注】
百亩葵花园中品种繁多,色彩纷呈形状各异。有紫、墨、红、黄、粉等色,有的像牡丹、菊花。

平西府中心小学玉文化赞（两首）

（一）

园丁历日费耕耘，文化传承赏玉人。
细刻精雕成大器，披沙剖璞见精神。

（二）

琼脂吐翠发金声，温润凭添挚爱情。
不为瓦全甘碎骨，冰心依旧示清明。

题铁树开花赠伯农老师

苏树经年塑此身，虬枝坚韧叶如针。
风霜不改常青色，更有奇葩献世人。

【注】
2017年9月24日出席《郑伯农文选集》座谈会有感。

苏武纪念馆

中郎出使滞匈奴，十九春秋志不输。
持杖归来存浩气，谁人不晓牧羊图。

国酒茅台

千家酒酿可称王,玉液盈杯溢酱香。
国宴迎宾酬远客,飞天起舞越重洋。

桃花汛

春风一夜破坚冰,万马脱缰云雾腾。
两岸桃花红胜火,惊闻壶口滚雷霆。

二环路上的迎春花

华堂难进路边生,尾气尘霾奋抗争。
但有熏风微雨过,伸枝吐蕊送春明。

台儿庄之祭

济南沦陷失南京,九域高呼抵抗声。
血战古城三十日,山河寸土血凝成。

南水北调北京出水口

北少南多借水来，一条锦带万民裁。
清流过处山川绿，漫步雨中甘露台。

【注】
　　毛泽东1952年指出：南方水多，北方水少，如有可能，借点来也是可以的。

湖边春景

风摆丝绦倒影斜，山桃绽放灿如霞。
老翁湖岸垂纶坐，不钓鱼儿只钓花。

成都至西昌途中

破雾穿云岭上行，一时小雨一时晴。
仙山难得谋真面，溪水相随却有情。

洱海观景

洱海风轻柳带烟，苍山雪月水中悬。
山摇影乱月飞去，古渡桥头泊客船。

题沧源崖画

山深林密谷空蒙,峭壁谁涂遗迹红。
部落起源从画考,一钩一捺一霜风。

七律

天安门

建成于明永乐十八年（1420），名承天门。清顺治八年（1651），更名为天安门。过去是皇帝颁诏大典的地方。1949年新中国成立，毛泽东主席在城楼上宣布："中华人民共和国成立了，中国人民从此站起来了"。天安门成为新中国的象征。

东西南北位中央，承运齐天万世芳。
碧水金桥环玉带，红墙黄瓦映韶光。
颁诏大典威严立，反帝惊雷正义张。
动地一声民站起，城楼从此赤旗扬。

前门

前门（即正阳门）因位于紫禁城前面故称之。元代称丽正门，明永乐十九年（1421），增修箭楼、瓮城、闸楼，1439年完工，改称正阳门。为九门中规模最大的一座。也是唯一箭楼开门洞的城门，专走龙车凤辇。著名大栅栏、老北京火车站位于此地。毛主席纪念堂、人民英雄纪念碑毗邻相望。

九门之首势非凡，绿瓦灰墙彩画檐。
额扁正阳留御笔，龙车凤辇出金銮。
人民广场丰碑矗，领袖灵堂百卉鲜。
风雨千年多少事，古城新韵化诗篇。

崇文门

始建于元1267年，建成于元1276年。谓"文明门"，取《易经》"文明以建"，寓崇尚文德之意。又称"哈德门""海岱门"，明1439年重修改名崇文门。河边有神龟守护，运酒走此门。2013年划归东城区。

城南旧事一门开，海岱登楼紫气来。
古朴神龟洪涝镇，清香御酒车马塞。
城墙已变柏油路，门店新更区域牌。
数代风流今不在，街头寻史久徘徊。

宣武门

元称顺承门。明正统四年（1439），整修改称宣武门。与崇文门相对，取"左文右武"礼制。门外菜市口为当时刑场，人称"死门"。宋丞相文天祥，戊戌六君子之一谭嗣同等均在此慷慨就义。宣武一带文化底蕴丰厚，清嘉庆十九年（1814），成立的"宣南诗社"就位于此地。

崇文尚武两相宜，天意顺承民有期。
日日惊魂听午炮，年年喋血染囚衣。
故居会馆名人聚，厂甸天桥游客迷。
温史方知文蕴厚，宣西合并焕生机。

朝阳门

始建于元至元四年（1267），称"齐化门"。明正统四年（1439），扩修后改称朝阳门。因距通州漕运码头最近，是运粮进城的重要通道。也是连接京城与南方各省的交通要道，官、商出入都经停此门。商业繁盛。始拆于1915年，1956年全部拆除。

飞檐翘首沐朝阳，东望京杭漕运忙。
商贾黎民兴集市，皇家禄米储官仓。
出巡公使当拴马，觐见朝廷重整装。
定位商圈ＣＢＤ，城楼内外谱新章。

东直门

始建于1267年，位元大都东垣，名崇仁门。明永乐十七年（1419），修葺改称东直门。多官仓，通水路运木料沙石等建材，俗称木门、建直门。

城东郊外地荒凉，遍设皇家诸物仓。
北马驱车沙石满，南船载木柱梁长。
鲁班故事民间颂，斗拱足痕檐角藏[①]。
九丈层楼成记忆，千年风雨谱华章。

【注】
传说楼起东北檐角斗拱高出，众匠无计，忽一壮汉飞身上架，落下时一脚踏在椽子上。壮汉转身而去，此时有木工惊呼楼角不高了，椽子上留有脚印。都说是鲁班爷。

德胜门

　　始建于明正统二年（1437），位北京城北，按星宿北方属玄武，主刀兵，出征走此门，素有"军门"之称。德胜门意为以德取胜。城下水系由西山玉泉山而出，谓古都生命线。修有冰窖。乾隆曾至此逢大雪，即作御诗立"祈雪"碑。故人称："德胜祈雪"。

　　　　元灭明兴移古城，宿星玄武主刀兵。
　　　　出征塞外军旗过，御敌门前战鼓鸣。
　　　　祁雪乾隆碑碣在，藏冰水系玉泉生。
　　　　此楼有幸身安在，有德方能留美名。

安定门

　　元称安贞门，始建于明洪武元年（1368），传出征得胜归来进此门。清镶黄旗多居此门城内，城外是当时京城主要粪场。东望雍和宫，西邻积水潭。1860年八国联军首先攻陷安定门。1915年修环城铁路拆瓮城闸楼，1956年全部拆除。

　　　　德胜出征安定归，凯旋将士舞云麾。
　　　　雍和宫里梵音绕，积水潭边野鸟飞。
　　　　门外贫民愁饱暖，城中纨绔醉庭闱。
　　　　帝王取义难如愿，社稷兴衰可问谁？

西直门

　　始建元代至元四年（1267），称和义门。明永乐十七年（1419），整修改名西直门。在内城九门中仅次于正阳门，皇城御用水从玉泉山由西直门运入，故又称"水门"，商业繁茂、京畿重要通行关口。

　　　　晴雪西山捧玉泉，城楼画角夕阳残。
　　　　皇家送水水门过，古道通商商贾还。
　　　　气象恢宏居次第，立交舒畅任盘旋。
　　　　二环路上无踪影，博物馆中寻旧砖。

阜成门

　　始建元至正十九年（1369），名为平则门，明正统元年（1436），修整改称阜成门。该门是通往门头沟运煤的主要通道，故有"煤门"之称。门洞镶嵌梅花一束，梅谐音煤。附近有"妙应寺"、"广济寺"、"历代帝王庙"、现代金融街等。

　　　　面对朝阳世则平，唯祈物阜与民丰。
　　　　梅花东送千家暖，官道西通万里晴。
　　　　广济寺中施信众，金融街里聚精英。
　　　　一楼换作群楼立，向晚清空万点星。

【注】
　　北京九门，指内城九个城门。南城墙设正阳（前门）、崇文门、宣武门；东城墙设朝阳门、东直门；北城墙设德胜门、安

定门;西城墙设西直门、阜成门。九门提督亦指此九门。现在的复兴门,建国门是为交通方便在城墙上开的豁口,都没建城楼、设门洞。天安门虽不在九门之中,但位于中央,过去皇帝在此颁诏大典。今天已成为我国的象征,收入共十门。

游希腊爱琴海

离岸游轮向爱琴,鸥翔水碧欲销魂。
一声CHINA恍如梦,几句祝福的确真。
歌舞满池同手足,酒茶溢室话知音。
五洲潮起中文热,国富民强始自今[①]。

【注】

① "五洲""国富"句,希腊游船上以往只有英、法、日、韩等国的语言介绍,现在有了中文介绍。主持人和游客一同喊"中国、中国"邀请我们一同联欢。在异国他乡,真切感受到祖国的强盛。

苏格兰小镇

赤瓦黄墙沐晚霞,山间小镇远繁华。
笛扬清雅莺啼序,裙舞蹁跹蝶恋花。
牧场青青驰骏马,平湖静静戏群鸭。
窗前凝望他乡月,不尽秋思向海涯。

夜游尼罗河

霓虹两岸影婆娑，夜比光天韵味多①。
惨案惊心疑故事，传闻过耳信评说②。
北非大漠绿丝带，东亚巨龙黄土坡。
古老民族同见证，文明源自母亲河。

【注】
① 据当地人说，尼罗河风光夜晚比白天更好看。
② 指电影"尼罗河惨案"。

巴黎圣母院

巴黎圣殿势恢宏，金碧辉煌雕饰精。
雨果名篇①传四海，"石头交响"②动千城。
信徒忏悔虔诚语，上帝福音润物声。
欲望人生真似梦，塔楼阵阵警钟鸣。

【注】
① 雨果长篇小说《巴黎圣母院》一问世，便享誉世界，使破败的巴黎圣母院未被拆除，得以重修。
② 巴黎圣母院以其著名的石头建筑艺术被誉为"巨大石头的交响乐"。

访圣彼得堡

——登阿芙乐尔号巡洋舰

舰舷隔岸帝王宫,美景皆收浪几重。
十月炮声传马列,五洲号角唤工农。
国家解体山河碎,制度更张日月匆。
历数兴衰当可鉴,西风过后看东风。

日本箱根

芦之湖水湛如蓝,大涌谷山腾紫烟。
春念樱花一路笑,秋来红叶万坡欢。
温泉舒络疲劳去,黑蛋①强身精力添。
带水邻邦同日月,前师可鉴向前看。

【注】
① 黑蛋,指火山顶温泉煮熟的鸡蛋呈黑色。

巴西亚马逊河热带雨林

由黑河乘船入热带雨林,与亚马逊主河道交汇一处,形成一道黑白水线。黑河由于丰水期林木被淹没,久之水呈淡青色,且清澈。学者称亚马逊河流域为"地球之肺"。

波涛拍岸水云翻,黑白两河一线牵。
异草奇花生热带,游鱼啼鸟绕身边。
自然赐予地球肺,人类珍惜宇宙缘。
今日不思明日事,届时无力可回天。

英国伦敦·圣诞节

圣诞英伦不夜天,倾城欢聚守平安。
泰河水岸流光彩,大本钟楼①生紫烟。
旧梦康桥遗往事,新游三岛②换容颜。
香槟歌舞熏人醉,有客他乡念故园。

【注】
① 大本钟,指伊丽莎白塔即威斯敏斯特宫钟塔。建于1859年,世界上最著名的哥特式建筑之一,英国国会会议厅附属的钟楼,坐落在英国伦敦泰晤士河畔,是伦敦的标志性建筑之一。
② 三岛,英伦三岛一词是国人对"英国"或"大不列颠"的别称,一般出现在非正式场合或文学作品中。

土耳其·伊斯坦布尔

横跨亚欧一座城,黄金水道起飞虹。
波摇帆影翩翩过,桥引车流款款行。
大教堂尊天主意,清真寺诵古兰经。
东西文化共存地,丝路长歌别样情。

【注】
　　土耳其伊斯坦布尔市,是世界上唯一横跨欧亚两大洲的城市。中隔博斯普鲁斯海峡,两岸由博斯普鲁斯大桥连接,是地中海、黑海和欧亚水路交通要道。

美国白宫南草坪随想

漫步白宫南草坪,乒乓球小破坚冰。
毛泽东审全球势,尼克松成华夏行。
中美人民遥变近,东西文化异求同。
任凭前路多风雨,好事多磨万里晴。

奥地利·维也纳金色大厅

管弦齐奏响雷霆,名曲华章天籁声。
大海浪涛人动魄,田园雨润草含情。
才闻溪水叮咚响,又醉丛林翠鸟鸣。
器乐相通无国界,音符跳跃唤和平。

巴西·贫民窟

依山傍海一弯棚，指处友人称"五星"①。
世界贫民窟位首，城乡发展计失衡。
巴西治理心良苦，华夏腾飞路勿重。
相似征程须借鉴，统筹发展久繁荣。

【注】
① 巴西里约热内卢耶稣山下，有世界上最大的贫民窟。由于地理环境极佳，被称为"五星级"。会谈中，巴西劳工部长对我们说：中国在城乡一体化的发展道路上，应吸取他们的教训。此次访问，对我们解决城乡结合部问题有启发、有意义。

三清山

雾锁云低不见峰，悬空栈道幻中行。
阳光一缕识真面，气象千般入画屏。
南国寿星迎远客，东方神女绽羞容。
青山滴翠游人醉，极目江天红土情。

访西沙永兴岛

海天无际浩烟波,绚丽粼光撒碧螺。
鱼跃舷边追细浪,鸥翔桅顶伴巡逻。
椰林挺拔围屏障,岛链盘结佑共和。
将士枕戈迎日月,古碑大字写中国①。

【注】
① 永兴岛曾发现古代界碑,上书"中国领土"。

延庆千家店百里画廊

百里画廊邀客来,山村扑入白河怀。
凌波仙子含情舞,向日葵花带笑开。
滴水壶悬银线瀑,化石木缀碧峰台。
千家店里农家乐,收入镜头好剪裁。

金石集团①

千寻金石锁油龙,科技当先气势雄。
自有品牌扬四海,岂无专利越千峰。
人文再聚回天力,地利皆缘造化功。
放眼神州兴大业,扬帆沧海看飞虹。

【注】
① 金石集团生产海上采油设备,销往世界各地。

桃花源寻梦

溪水桃林寻梦游,秦人洞里客难留。
睡莲香稻民俗画,方竹清茶仙境楼。
才看村姑歌舞起,又闻牙子笛声悠。
陶翁昔愿今朝现,再续新篇万古流。

雪乡·春节

飞鳞落甲漫群山,檐上梨花三尺三。
层似年轮清可数①,形如玉脂润堪怜。
农家火炕驱寒意,广场冰灯映笑颜。
惊叹山村新气象,礼花多彩庆丰年。

【注】
① 雪乡的雪含雪素,较粘,能突出房檐,一层层,可数降了几场雪。

哈尔滨冰雪大世界

华灯幻影映冰楼,玉宇琼阁不胜收。
东亚风情呈异彩,美欧经典竞新流。
雪山飞降儿童乐,城堡狂欢情侣稠。
神斧魔刀雕意境,中西合璧百花洲。

南阳武侯祠随感

盖世德才有孔明，卧龙百代领高风。
佳言丽句意难尽，联匾牌坊情更浓。
昔日纷争多将士，今朝博弈少精英。
借来羽扇谋方略，效仰前贤贵在行。

出席残奥会开幕式

如昼华灯映鸟巢，礼花绽放彩旗飘。
如潮人浪翻江海，鼎沸欢声上碧霄。
黑白红黄①圆梦想，盲聋残障领风骚。
五洲团聚蓝天下，一样辉煌分外娇。

【注】
① 黑白红黄指四种肤色的人群。

台湾阿里山

壁立雄姿生紫烟，群峰微露白云间。
千株古树频招手，万点红花绽笑颜。
旭日腾空迎客至，晚霞邀月送君还。
歌声依旧情真切，如水姑娘壮少年。

淮安感赋

人文荟萃史辉煌,北马南船行客忙。
水上长城遗古韵,平原玉带系京杭。
周公故里梅香远,陈帅遗风诗运昌。
苏皖振兴扬万里,淮安展翼任飞翔。

青海湖

绿水青山入画廊,牛羊草地缀毡房。
姑娘哈达迎佳客,小伙奶茶祈寿康。
快艇驰飞追海燕,鱼雷[①]静卧话沧桑。
天公赐与神仙地,西部振兴当自强。

【注】
① 青海湖曾为鱼雷试验场,现对外开放参观。

六十感怀

自幼家贫父教严,离乡背井探书山。
柳营育柳青春曲,民政为民勤奋篇。
解甲骚坛初弄笔,修身学海再扬帆。
窗前多少风云过,笑对评说怡自然。

贺《诗词园地》百期

纵观诗海百花园,京燕一支色更妍。
浇灌百期心与血,培扶十载暑和寒。
挑灯审改出精品,细选推敲赋雅篇。
企盼征程多创意,振兴文化谱新天。

访蒙古贞

古调悠扬天籁声,今人弹唱草原情①。
雄鹰留恋群山秀,溪水长吟圆月明。
汉子加鞭催骏马,姑娘起舞展娇容。
毡房酒令金银碗,一醉方休真弟兄。

【注】
① 唐代刘长卿有"古调虽自爱,今人不多弹",在此反其意。

步和文朝同志《癸巳西府海棠新咏》

东风和煦闹春时,花蕾盈株待雨滋。
闲顾楼台观弄影,漫将岁月串成诗。
清香缕缕侵宵梦,雅韵纷纷入砚池。
西府海棠多寄意,江天丽日看新姿。

丹麦·海的女儿

传奇童话伴童年，海的女儿佳话传。
晨送千帆搏浪去，暮迎万户驾舟还。
波涛鸥鹭伴身侧，风雨春秋守岸边。
美丽心灵邀远客，儿时梦想而今圆。

秋游首钢旧址

为减少首都污染，曾铸辉煌的首钢搬迁至河北曹妃甸，旧厂正处在转型期。

十里钢城遗旧痕，高炉静矗气雄浑。
当年增产创奇迹，今日停机落粉尘。
柳岸秋风枯叶扫，长廊史话锈斑侵。
功杯阁上回头望，石景山巅曙色新。

2016元旦赠友人

鹤立枝头喜报春，阴霾扫去现金轮。
能将媚语付流水，自有红蕖不染尘。
诗骨犹存扬正气，功名舍去写真人。
沧桑岁月惜知己，举步高峰共苦辛。

相约白鸽

每日推窗，一群白鸽在梢头草地翻飞，时而像一片白云，时而平行一线，忽隐忽现。伫立自语。

清晨有约定相逢，窗外时闻鸽哨声。
翻转千回青鸟健，滑翔一片白云轻。
低拂杨柳非无语，调寄琴心堪共鸣。
倘若平身能展翼，天高地阔愿同行。

延寿寺龙松

春秋八百一苍松，古寺山林卧巨龙。
道骨仙姿针似铁，参须翘首气如虹。
腾空舞动昆仑雪，入水狂飙东海风。
日月沧桑魂魄在，根深大地自称雄。

登残长城

东海龙头西域关，延绵万里矗山峦。
帝王不问劳工苦，姜女难寻尸骨寒。
御敌封疆鸣战鼓，弯弓策马漫硝烟。
而今独立残墙上，一览秋高亮丽天。

悼易老海云先生

笃定文坛淡不惊,湘江赤子踏歌行。
诗吟字句翻新义,墨润毫芒集大成。
百望山头清雅客,香庐峰下故园情。
仙翁驾鹤乘云去,犹记身传道德经。

观人艺话剧《司马迁》随感

李陵家眷受诛连,太令朝庭谏直言。
武帝施威将赐死,宫刑忍辱且求安。
归乡奋笔春秋远,铺简倾情天地宽。
堪比离骚书绝唱,是非功过越千年。

《北京诗苑》百期随感(一)

始创"京华"命课题,今朝赢得凤来仪。
竹枝新唱刘郎调,诗苑高扬燕赵旗。
元曲和声寻古道,宋词谐韵赋清溪。
才贤接力塬头上,遥望珠峰会有期。

访丁玲故居

湘女扬眉走太行，温泉屯里记沧桑。
田头紧握茧花手，巷尾倾听乡土腔。
骤雨旋风梳大地，牵魂绕梦付华章。
榆槐合抱枝繁茂，金凤依然未远翔。

瞻仰中华三祖堂

占山扎寨自封王，部落纷争弓箭张。
胜败相关头领位，死生谁问庶民殇。
千年割据统华夏，三祖合符归庙堂。
注目如闻先帝语，和平莫忘习刀枪。

秋思

云淡风清好个秋，繁花落尽不言愁。
湖中仙子飘然去，叶上莲蓬昂首留。
季节轮回焉可阻，人生运势亦能筹。
世间万事皆规律，何必忧伤论不休。

登岳渎阁

三河交汇浪花稠,晨雾蒙蒙笼晚秋。
山水有情时对话,烟霞无意隔双眸。
潼关隘口旌旗动,鹳雀楼台柳岸收。
滚滚波涛东入海,巍巍西岳在云头。

【注】
岳渎台为西岳华山与黄河之水的对话。

回乡路上

欣逢国庆共中秋,急踏归途向冀州。
已料塞车更宝马,犹烦上路变蜗牛。
思亲不计家山远,游子难平岁月稠。
纵使古稀增白发,乡愁时刻绕心头。

重阳诵桂

花稀时节奉金黄,贯沐秋风郁郁香。
不与牡丹争富贵,欣同寿客共篱墙。
仙人自有云台气,宫树焉无日月光。
着意空山增色彩,华客岁岁伴重阳。

【注】
寿客:菊花别称,宫树即桂树。

访海龙屯土司古城遗址

山道弯弯满目青,溪流未见只闻声。
烟卤雾帐千峰矗,铁柱铜关一铳横。
万历播州燃战火,土司城堡损刀兵。
凝思伫立残垣上,始信分疆总不成。

题吴为山青铜雕像

——孔子问道老子

千年对话欲何求,宇宙人间问不休。
易道经文涵日月,鸿儒论语伴春秋。
阴阳互化无为治,德艺融通自在修。
世界时兴方块字,先贤依旧立潮头。

恭祝欣淼会长七十寿辰

——步先生七十咏怀其一韵

日月同辉宇宙旋,霜风疾雨自安然。
文修寒暑三更月,史探宫墙九素烟。
情注诗花铺满地,别裁橘颂慰稀年。
人间过客千千万,幸与先生共一缘。

景山眺望

中轴线上景山高,四面城楼百代豪。
韵致林泉三叠水,情关日月九重霄。
亭台苑圃撷灵秀,虚实阳阳向圣朝。
开放古都雍万象,澄怀远眺尽妖娆。

人日·颐和园

昆明湖面水晶封,万寿山头古柏青。
大戏楼台开锦幕,佛香阁里问浮生。
柳堤飞燕迎风剪,石舫抛锚伴日停。
女娲造世今人仰,慈禧修园得骂名。

清华大学荷塘诗社成立十周年暨《荷塘诗韵》《韫辉诗词百首》首发式

古来文理本相通,水墨清华笔墨浓。
自有明师传校训,焉无娇子继松风。
晨吟韵律荷塘雨,晚仰楼台桂月宫。
追梦欣逢春日好,一花引得百花红。

潘家口水库

轻云着意挽青山，高坝平湖停画船。
垛口峰台寻汉瓦，长城水下现秦砖。
津门引入滦河浪，渔户迁移栗树湾。
浩渺烟波回首望，思情开闸起狂澜。

板栗之乡

郁郁葱葱布满冈，梢头簇簇泛金黄。
千株老树枝繁茂，四百年轮花溢香。
观景亭中游客盛，农家乐里主人忙。
名牌信誉飚身价，出自迁西渡远洋。

张居正

首辅三朝躬此身，事君如事自家人。
股肱之佐纶巾策，社稷当谋书剑论。
万里江山酬壮志，一条鞭法理寒春。
千年依旧余光在，帝赉良臣得众亲。

【注】
张居正诗曰：事君如事亲。

台儿庄之夜

霓虹装点古城楼，檐角高悬月一钩。
水上兰舟光影乱，岸边垂柳碧丝柔。
廊桥留照多情侣，客栈迎宾皆友俦。
浪漫酒吧人欲醉，沿街雕像话春秋。

再游恭王府

详观一座恭王府，半部清朝历史痕。
石起龙山藏密洞，书成福字示龙恩。
银銮殿里皇家气，大戏楼中尘世人。
雨霁秋阳明幻境，今朝但愿少和珅。

写在第三届军旅诗研讨会上

立马操戈几十年，征鞍解后执吟鞭。
崇文尚武身先士，风雅戍边名不关。
积淀生涯书往事，犹存意气谱新篇。
军魂碰撞诗魂后，难抑心潮逐浪翻。

回访四合院

看罢中堂看两厢,犹思院内老街坊。
张王李赵非同业,南北东西自异乡。
暑夏乘凉槐树下,寒冬沽酒火炉旁。
远亲难比近邻好,饺子一盘满院香。

北京四合院

巽位门楼四合房。中堂厢室鉴阴阳。
垂花古朴迎佳客,照壁玲珑呈吉祥。
黄瓦红墙皇府地,青砖石鼓庶民闾。
千年记述沧桑史,院内家家故事藏。

清明怀念先烈

感叹家国事业隆,边安岂敢忘英雄。
曾经沙场倚长剑,更为桑园唱大风。
血染昆仑肝胆照,江流荆楚梦魂通。
清明夜雨潇潇落,携我诗心向赤松。

春节还乡思母

每忆儿时过大年,娘亲连日补衣衫。
飞针走线缝希望,拆旧翻新说爱怜。
努力读书天地大,诚心积善路桥宽。
灯花闪闪总难灭,引我今生奋向前。

观升旗

2018年元旦7时36分,天安门广场升国旗仪式,首次由人民解放军仪仗队和军乐团执行。从此翻开崭新一页。

广场初醒曙光明,回荡城楼礼号声。
如虎三军神抖擞,连潮百姓血奔腾。
国歌振起沧桑变,道路弥坚华夏兴。
已始春风开九域,红旗指处踏新程。

忆我国第一颗人造卫星——东方红号

更生自立探苍穹,大漠荒烟聚凤龙。
封锁难将心志锁,融通定可梦魂通。
拨珠算尺量星纬,伏案挑灯寄国风。
一自东方红乐起,神舟几度访寒宫。

词

水调歌头·致里约奥运中国健儿

飞跃万千里,追梦踏征程。耶稣山下,圣火熊熊耀群星。难忘四年磨剑,更待亿人期盼,赛场看龙腾。几洒金牌泪,笑对国旗升。　　挥汗雨,忍伤痛,艺求精。奖牌背后,多少志士却无名。天有清风苦雨,时有天平稍倾,坦荡面人生。奥运精神在,再上更高峰。

水调歌头·一带一路北京峰会

五月飞花季,四野溢春光。京城首届峰会,丝路续辉煌。纵述炎黄故事,横议中华方略,众目看龙翔。专列驰欧亚,船舰越重洋。　　君记否,驼铃脆,大漠荒。千年古道,枯死不烂那胡杨。物有今生明灭,世有兴衰转换,历史鉴朝纲。万朵烟花里,茉莉绽芬芳。

卜算子·夜观雁荡情侣峰

雁荡月清圆,剪影来天半。情侣重逢欲掩羞,扯片云遮面。　　相视诉衷情,永世青山恋。风雨相依天地间,日月星相伴。

西江月·埃及金字塔

大漠夕阳唱晚,塔尖尽染红霞。金光闪闪向天涯,远近浑然入画。　　多少来人探秘,迷津依旧无答。千年智慧一奇葩,古老文明神话。

西江月·榆林古城

小小四合院落,与京一脉相承①。谁移古塞九边城?营造华都意境。　　霞染青石路上,门悬串串宫灯。飞檐挂月六楼明,疑是瑶池美景。

【注】

① 榆林古城的四合院、街道、城楼、门脸都有北京的影子,人称"小北京"。

鹧鸪天·春到玉渊潭

春到玉渊百草香,逍遥戏水对鸳鸯。一湖清澈心恬静,几处涟漪情意长。　　交耳语,诉衷肠,何时暮色退温阳。相逢时刻如梭疾,送走日光迎月光。

鹧鸪天·博鳌玉带滩

交汇三江①玉带滩②，急流入海两重天。怡闲气爽心如镜，思绪风高情似澜。　　博亚会，聚英贤，共商鹏举纵横谈。风云变幻经纶手，独占鳌头稳舵船。

【注】
① 三江指万泉河、九曲江、龙渠河。
② 玉带滩，分隔河海的沙滩，涨潮时宽仅10米长8.5公里，以"分隔海、河最窄的沙滩半岛"为吉尼斯之最。

鹧鸪天·上海世博会

璀灿星河落浦江，洋场十里扮新装。兰釭火树染天宇，瀑布烟花入画廊。　　博四海，览龙乡，千城万市尽昭光。未来愿景多期许，各领风骚论短长。

鹧鸪天·阜新海棠山

云海半峰山有魂，松奇石怪路通神。摩崖造像天工手，东藏经文佛佑音。　　七彩色，友情真，心潮难抑放声吟。海棠山景胜仙境，五岳奇观此地寻。

鹧鸪天·莫斯科红场

纳粹压城城欲摧,阅兵红场壮军威。亲人吻别泪相送,将士挥戈头不回。　　收故土,破重围,金戈铁马赤旗挥。而今漫步青石路[①],举目星空月已亏。

【注】
① 青石路指红场全部由柱形石块铺砌而成。

鹧鸪天·加拿大会见华裔老兵

依旧军姿气凛然,勋章闪闪话当年。远征疆场拼生死,方使华人改旧颜[①]。　　华夏血,总情牵,他乡几度梦家园。今朝紧握亲人手,悲喜泪花盈眼帘。

【注】
① 访加退伍军人部,华裔老兵着旧式军服佩戴奖章欢迎。据介绍当时华人地位很低。由于他们在战场上为加国争得了荣誉,受到尊重,社会地位也相应提高,并建有纪念碑。

鹧鸪天·和布凤华词韵

云外闻知志趣同，新朋旧友喜相逢。今朝共赋燕山韵，明日再吟阳谷风。　　君暂别，酒三盅，诗情尽在不言中。骚坛不负耕耘手，烂漫花丛一点红。

附：

布凤华词

惆怅身如旅燕同，京都何幸与君逢。金湖菡萏摇淮水，顺义黄鹂唱暖风。　　归去路，别来盅，几多雅意蕴其中。相约阳谷松枝绿，来访香山枫叶红。

鹧鸪天·信寄何方

难忘同窗三载寒，情随风雨入心田。缘何岭断双飞燕，无奈霜摧并蒂莲。　　音杳杳，意绵绵，相逢常在梦魂间。时光远逝音容近，岁月空留信半笺。

采桑子（二首）

2009年6月28日出席"恩来爱心工程"启动仪式，周恩来的亲友，身边工作人员，以及与周总理有亲密交往的老将军、艺术家、外交家、记者等聚集一堂。缅怀周总理的丰功伟绩，并要把总理的大爱无疆精神发扬光大，传承下去……其情其境感人至深、遂填词以记。

（一）

中华旷古平民相，大爱无疆。大爱无疆，每忆恩泽泪两行。　一生负重操国事，历尽沧桑。历尽沧桑，一代英明四海扬。

（二）

西花厅里繁忙事，溶入灯光。彻夜灯光，明月春江伴海棠。　英魂未远音容在，一样慈祥。华夏脊梁，日月同辉耀四方。

采桑子·曹妃甸

新兴大港曹妃甸，昨日荒滩。今日金滩，璀璨珠镶碧海湾。　吹填造地愚公志，瞄准高端。科技当先，浩荡东风鼓满帆。

采桑子

2011年中秋,适逢"9.11"十周年。月圆月亏,思绪难平。

天涯共度此时月,东看团圆。西望硝烟,世界缘何别样天? 中东战乱枪声紧,昭示强权。期盼平安,但愿人间同月圆。

采桑子·金湖荷花

红莲偏爱金湖水,各展芳容。尽显玲珑,翠盖接天飞彩虹。 凌波仙子万千种,朵朵香浓。处处情浓,要醉荷乡酒一盅。

采桑子·吴江陈去病退思园

乙丑金秋,赴吴江参加南社100周年纪念活动,参观南社创始人陈去病退思园随感。

人生进退平常事,不必彷徨。淡处无妨,太盛牢骚易断肠。 退思成败明心志,来日方长。无限风光,大路朝天走四方。

采桑子·古镇同里

桥横碧水石头巷,丹桂芬芳。柳岸茶香,彩画兰舟迎客忙。　　老街浸透金秋色,韵味绵长。今古诗章,多少游人醉客乡!

采桑子·古田会议

古田星火燎原势,燃遍龙杭。照亮汀江,绿树青山皆武装。　　红军本是人民养,粗米瓜汤。浴血疆场,万里征途迎曙光。

采桑子·西沙永兴岛椰子树[①]

扎根海岛参天立,扮美边疆。守护边疆,昂首任凭风雨狂。　　海天一色鸥为伴,送舰出航。迎舰归航,飒爽英姿哨所旁。

【注】

① 2003年北京市双拥办慰问西沙驻岛部队。现党政军领导人植椰子树成林。随植树挂牌。椰子树正像驻岛官兵那样,默默无闻地守卫着祖国的南大门。

采桑子·新北纬饭店

——天桥梦京味文化座谈会

魂牵几度天桥梦,意境天成。盛会今成,民艺传承义几重。　　诗文书画同挥笔,京味浓浓。情意浓浓,携手京城文化兴。

采桑子·喜闻六中全会决定文化大发展大繁荣

——写在钓鱼台中华诗词研究院成立大会

骚坛千载崎岖路,风雨春秋。人物风流,云锦珠玑不胜收。　　欣逢盛世兴文化,志士绸缪。上下同谋,且看诗花绽九州。

采桑子·街头剪彩

——写在国庆六十周年

青蓝灰白衣衫旧,一律千篇。数载千篇,莫笑街头色彩单。　　赤橙黄绿伊人俏,男女斑斓。老少斑斓,摇曳春风六十年。

采桑子·不夜谷

翠峰落日清溪暗,借太阳光①。伴月圆光,十里山川梳晚妆。　　灯红掩绿农家乐,茶饭飘香。客自八方,尽品风情忘夜长。

【注】
① 不夜谷被太阳能灯照亮。

采桑子·访未成年儿童救助中心

天涯浪迹归何处,失去家园。思念家园,遗弃儿童形影单。　　爱心救助①伸援手,呼喊山川。踏遍山川,团聚亲人泪始干。

【注】
① 救助中心的工作人员,长年奔波在全国各地,踏遍千山万水,寻找和护送失散儿童与亲人团聚。

如梦令·晚上漫步纽约华尔街

伫立楼中天井,如幻霓虹光影。四海聚金融,多少来人追梦。追梦,追梦,苦辣酸甜谁懂。

如梦令·占领华尔街①

股市熊牛无定,幕后黑金操纵。占领卷狂潮,昔日辉煌泡影。觉醒,觉醒,直向人间疟痈。

【注】
① 新闻报美国人为抗议金融界黑暗和经济危机,发起"占领华尔街""占领华盛顿"行动。

卜算子·挪威伴侣岛

碧海嵌青螺,鸥鹭桥头绕。木凳老屋草地青,松鼠餐台跳。　　远水露白帆,曲径林荫道。天上人间世外园,好个温馨岛。

浣溪沙·香山秋韵

遥看香庐霜叶红,满山秀色沐金风。通幽曲径诉衷情。　　漫步枫林霞已染,京城万户上华灯。一双倩影半山亭。

十六字令·四川抗震（五首）

（一）

川，地裂山崩雨夜寒。惊魂断，满目尽残垣。

（二）

川，千万雄兵扑向前。人为本，与死抢时间。

（三）

川，奇迹生还在指间。亲人盼，悲喜泪涟涟。

（四）

川，众志成城顶起天。伸援手，大爱在伸延。

（五）

川，铁骨铮铮不畏难。同心干，重建好家园。

忆江南·稻香湖景

秋也俏,湖景稻香飘。蒲草芦花饶野趣,水清山秀晚霞烧。心自乐陶陶。

相见欢·壬辰春节答赠友人

思君今夜无眠,两心间。每忆当年豪气自怡然。　抒新曲,飞信语,看来年。应是腾龙飞度越千山。

清平乐·家乡巨变

柴屋湿暗,全靠天吃饭。书本学资鸡蛋换,腊月寒衣不暖。　层楼尽沐春光,田园五谷金黄。校舍欢声笑语,和谐曲奏安康。

清平乐·神堂峪

群峰望断,山里人家远。祖辈辛劳勤节俭,瓜菜充粮一半。　春风吹过神堂,山村换上新装。一号农家乐院[①],引来百凤飞翔。

【注】
① 农家乐一号院,是怀柔最早开办农家乐的农户,后政府命名挂牌。

清平乐·贺十七大

金秋灿烂，更彩旗装点。描绘蓝图谋发展，民众核心共盼。　　全球瞩目东方，神州聚力图强。秉持以人为本，生机展现城乡。

清平乐·台湾竞选斥陈水扁

唇枪舌剑，爆料频揭短。媒体扫街频露面，拉票一颗子弹。　　选前承诺声声，选中欺骗民情。尽管一权在手，台独寸步难行。

清平乐·故宫中秋

轻撩云幔，月落金銮殿。多少春秋宫内怨？醒世兴衰画卷。　　而今狮舞龙翔，神舟兴会吴刚。忽报太空短信，嫦娥约我观光。

清平乐·春风咏叹

春风扑面，吹得阴霾散。却带沙尘迷泪眼，咋了风儿变脸。　　依稀梦里清风，天蓝水绿山青。何日回眸再现，春姑娘那柔情！

一剪梅·秋思

冷雨潇潇轻打窗,枫叶嫣红,银杏金黄。斑斓色彩燕山岗,五谷丰盈,大地辉煌。　　人到中年负重梁,收获秋实,谱写华章。星移物转历沧桑,看淡功名,心达三江。

一剪梅·柏乡汉牡丹[①]

大汉花王精气神,智护刘郎,素悼忠魂。天香富贵送千家,不去东瀛,只耀华门。　　花落花开示后人,要的尊严,爱的龙根。神州大地沐春风,叶茂花繁,九域缤纷。

【注】
① 河北柏乡有一牡丹园为汉时栽种。传说刘秀被敌军追赶藏于花下,称帝后赐名立碑;日军侵华曾连根带土移栽日本不活;毛泽东逝世那年竟然开成白花。可谓神牡丹。

一剪梅·冬思

一夜霜花镶满窗,透着晶莹,透着温阳。青苗蓄力覆冰霜,只待消溶,沐浴春光。　　耳顺之年近夕阳,岁月无情,淡定无妨。人生百味诉衷肠,化作诗篇,历数沧桑。

一剪梅·为40年婚庆而作

又是金秋枫叶红，三载同窗，卌载同行。蓦然回首忆流年，一路风霜，几许深情。　　携手人生苦乐中，虽改容颜，不改初衷。如歌岁月沐春风，杨柳新天，日月圆融。

沁园春·长安街

十里长街，横贯京城，历尽世殇。看王朝末代，民生涂炭，列强践踏，国土沦亡。十月惊雷，红楼呐喊，直倒三山更旧章。雄狮醒，唤人民站起，国屹东方。　　古都再铸辉煌。鼓各界、英豪志气昂。荡污泥浊水，新开天地，振兴伟业，民富国强。今日长安，花灯溢彩，锦簇繁花披盛装。通衢路，那车流人涌，直奔康庄。

沁园春·圆明园

意境天成，溢彩流光，碧水丽山。采香庐枫叶，苏堤岸柳；五洲积翠，绝世皇园。英法联军，烧杀抢掠，断壁残垣不忍看。沧桑史，嘱千秋万代，铭刻心间。　　今朝地覆天翻。看经济、金砖耀宇寰。举全民之力，统筹发展；大江南北，生气昂然。世界之林，中国特色，社会和谐民泰安。凭栏处，醉金波福海，满目霞天。

长相思

念也君,梦也君,风雨人生情是真。难得知己人。　　日一轮,月一轮,飞逝光阴寸是金。花开一片春。

临江仙·瑞典诺贝尔奖颁奖大厅

金碧辉煌彰厚重,花环少女歌声。即颁诺奖奖精英。文学理化,谁获此殊荣?　　大道无垠开拓者,几多探索尖兵。迷津几解理分明,东方已晓,华夏看龙腾。

清平乐·沙坡头

黄河拍浪,回望坡头上。大漠驼铃和韵唱,古道丝绸路旷。　　贺兰山谷雄鹰,盘旋傲视苍穹。塞北江南景色,四重交响扬声[①]。

【注】
① "四重"句指大漠、黄河、高山、绿洲像一首四重奏乐曲。

临江仙·沙湖颂

　　谁把明珠镶大漠，莫非天意神工。鸥翔鱼跃画船行。芦花一簇簇，云水两清清。　　塞北江南名四海，引来凤驻龙腾。银川福地日康宁。驼铃声渐远，霞染满天红。

如梦令（三首）

旧石器时代文化遗址

　　沉隐贺兰山下，远古金石片瓦。一瞬越时空，物化鼎新宁夏。时差，时差，壮丽古今图画。

藏兵洞

　　大漠长城雄踞，城下设防立体。洞内把兵藏，进犯有来无去。奇迹，奇迹，警世锦囊神计。

水洞沟仙境

　　山远天蓝如洗，曲径小桥水碧。漠顶看苍鹰，湖上画船诗意。无比，无比，仙境上天梳理。

沁园春·咏北京园博园

天下名园，齐汇京西，各领风骚。忆荒滩秃岭，垃圾遍野；沙石乱采，永定哀号！新绘蓝图，五洲给力，巧匠大师重彩描。初晴日，步青山绿水，幽谷花涛。　　清秋云淡天高。更彰显、园林分外娇。看水乡秀丽，都城古朴；东方风采，西域新潮。岁月悠悠，沧桑巨变，传继文明当自豪。长谋略，塑中华大地，处处琼瑶。

临江仙·廿八都古镇

雄踞仙霞三省界，人兴市旺商繁。南腔北调汇方言。江山连广宇，古镇纳千川。　　街巷民居铺画卷，沧桑史话经年。枫溪桥上月清圆。古今交响曲，处处动心弦。

采桑子·访毛泽东祖居地清漾村

山环水绕呈天相，紫气凌霄。分外妖娆。激起心中万顷涛。　　箴言祖训人为本，数代英豪。一代天骄。新绘蓝图重彩描。

醉太平·天山天池

金池玉液,青山影迭。又松间簇簇枫叶。羊群咩不绝。　毡房点点镶原野。残阳如血池中泄。老酒情歌意难却,醉了碗中月。

鹧鸪天·顺义潮白河踏青

燕剪熏风绿浅山,晨曦初照水生烟。杨林摇醒紫丁草,春雨催开白玉兰。　垂柳岸,向阳边,双双蝴蝶舞蹁跹。踏青莫负春光好,早把烦扰抛向天。

临江仙·屠呦呦获诺贝尔奖

题记:十年前到访瑞典,曾到斯德哥尔摩诺贝尔奖颁奖大厅参观。那时还没有一个国人获此殊荣。回来填临江仙词,有"东方已晓,华夏看腾龙"句。十年来先有莫言获文学奖,今日观看屠呦呦获医学奖颁奖新闻。屠用中文在自己的座椅签名,再填临江仙记之。

小小斑蚊浑肆虐,年年多少新坟?千寻妙药送瘟神。无名甘默默,矢志且殷殷。　一把青蒿惊四海,驱魔梦想成真。今朝座椅嵌铭文,腾龙游广宇,诺奖报佳音。

临江仙·访桃花潭

远望半山云掩,近临水碧潭深。画船逐浪向山村。王伦呼上酒,李白劝清樽。　　十里桃花争俏,万家酒店盈门。千年佳话苦追寻。老街藏岁月,时雨洗浮尘。

临江仙·爬黄花城野长城

相约黄花城下,秋深鲜见花黄。荆榛野路露成霜。高崖烽火口,残壁老城墙。　　人过古稀之后,性情依旧疏狂。风侵汗水透衣凉。群峰皆伏首,四面好风光。

临江仙·房山孤山口小学诗教活动感赋

化雨春风期几许,柳丝初染鹅黄。杏花三月缀平冈。孤山增秀色,大地漫清香。　　诗进校园承国粹,新生古韵悠扬。擂台奋起少年郎。才闻金缕曲,再赋满庭芳。

临江仙·访静园

一路奔逃魂未定,津门谁解凄凉。故宫梦断起彷徨,名园稀访客,冷月对孤窗。　　破碎山河遗影在,空楼诉尽沧桑。思来岂止失宫墙。斯人成末代,不复有君王。

【注】
静园为溥仪和婉容由京城逃至天津后居所。

临江仙·访娄山关

雾雨茫茫生故境,松涛慨忆当年。雄关隘口锁黔川。晨悬霜月静,壁立怒云翻。　　枪炮杀声堪裂谷,红军气盖河山。旌旗漫卷夕阳残。丰碑应有记,战史恐无前。

临江仙·稻香湖

窗外初冬风瑟瑟,屋中熙暖如春。迎宾小卡送温馨。主人情切切,小字意深深。　　眺望西山晴丽影,桐林漫品秋痕。厅堂明亮石奇珍。百川收眼底,九域聚京门。

【注】
① 酒店房间置手绘手写的迎宾卡。②厅廊有奇石展。

临江仙·港珠澳大桥通车

浪咏鸥鸣歌壮举，云飞跨海长虹。车行三地疾如风。灯光流异彩，月色洒圆融。　　入地接天凭智慧，首开世纪仙踪。伶仃洋里看腾龙。百年中国结，两制共昌隆。

临江仙·走进兴国

十送红军情切切，儿郎告别家园。罗霄山脉战犹酣。胸怀涵日月，血肉筑江山。　　梦绕苏区摸范县，将军生长摇篮。凝眸遗址话当年。基因嵌脑海，矢志继前贤。

临江仙·登黄鹤楼

放眼江波奔万里，远山暮色苍茫。江城三镇立斜阳。笛声惊白鹭，帆影动鳞光。　　仙客已乘黄鹤去，诗文千古流芳。今朝国粹再弘场。徘徊温旧句，慷慨赋新章。

采桑子·瑞金

罗霄山脉旌旗动，唤起工农。唤起工农，傲立云岗看劲松。　　杜鹃开遍苏区地，万象峥嵘。万象峥嵘，九派茫茫一点红。

采桑子·遵义会议

千回百转到遵义，风雨征程。云雾迷蒙，左右纷争经纬明。　　红军再上长征路，一代精英，一盏明灯。引领航船破浪行。

采桑子·过雪山草地

岷山高耸千堆雪，草掩泥潭，风卷冰川。北上红军衣正单。　　一条皮带分锅煮，野菜当餐。篝火趋寒，壮士心中别有天。

采桑子·大渡河

大河两岸青山峭，河水滔滔。云雾歆歆，泸定空悬铁索桥。　　敌军固守桥头堡，弹雨狂飙。胆气冲霄，好汉英名十八条。

采桑子·四渡赤水

迂回赤水从容渡，天降神兵。迹若流星，主力红军幻似风。　　指挥若定人民助，山也含情。水也含情，山水长留军号声。

采桑子·延安

征程万里三军汇，浴火重生。百战精英，窑洞灯光彻夜明。　　高歌一曲延安颂，大地回声。苦雨将停，喜看东方旭日升。

采桑子·端午龙舟赛随想

江河两岸欢声起，号子激昂。鼓点铿锵，屈子闻声不再觞。　　龙舟竞向深蓝去，水下潜藏。水上巡航，利器扬威四大洋。

卜算子·题怀抱孙女入睡照

孙女抱怀中，容比兰花俏。臂作摇篮入梦乡，梦里甜甜笑。　　梦见大森林，一树枝繁茂。长到参天立地时，不许爷爷老。

【注】
孙女翻着儿时照片，其中有一张是爷爷抱她入睡的照片，遂从大洋彼岸传来。

卜算子·春

春雨洗天清，春踏邯郸步。春色山川一派新，春暖花千树。　　春燕补香泥，春水同舟渡。春去春来不了情，春在心头住。

清平乐·古北口古镇

明清庄户，司马台边住。碧水虹桥青石路，依旧招牌店铺。　　长城垛口云边，苍松翠柳含烟。谁料燕山深处，风情胜过江南。

满庭芳·世纪坛中秋赏月

暮色初临,轻撩云幔,一轮皓月高悬。神坛望去,此际更斑斓。欲醉笙歌炫舞,月光下,共享团圆。今宵夜,江南塞北,千里共婵娟。　　中华文脉在,千年传递,当敬先贤。看华人世界,焕发容颜。更有今朝儿女,谱新曲,响彻云天。情难禁,复兴之路,重彩绘江山。

西江月·悼余旭

一只巴山孔雀,穿云破雾翻飞。朝霞迎罢晚霞归。酷爱蓝天欲醉。　　不忍翩然远去,巴山夜雨霏霏。开屏展翼众相随。依旧英姿在队。

《水龙吟》步刘征老原韵贺中华诗词学会创建三十周年

卅年引领风骚,江南塞北扬新曲。黄河吟啸,长城起伏,心翻红雨。吴楚争雄,川渝奋起,撑门立户。看擂台选秀,论坛思辨,人百万,驰高足。　　岁月蹉跎在目。忆寒冬,封河冻土。荒城寂寂,百花凋谢,沉渣掩玉。斗转星移,春风又至,诗章芳杜。把行囊备满,高原聚力,到昆山,云中赋。

念奴娇·纪念北京诗词学会成立30周年步刘征先生韵

卅年弹指,搏风雨、正值壮年英气。眺望山川三万里,满目幽兰方蕙。燕赵悲歌,竹枝新唱,漫品京都味。端阳雅聚,任由骚客陶醉。　　今次回首征程,挂帆扬帜,共将诗心系。岁月蹉跎痕亦在,知古倡今明辟。四海撷英,千峰竞秀,挥洒凌云笔。玉泉清澈,昆明湖涨春水。

忆秦娥·将军山

青峰矗,古来飞将交兵处。交兵处,冀东抗战,几多忠骨。　　趋除日寇长城固,将军山上衷情诉。衷情诉,丰碑有记,栗花飞舞。

竹枝词

勘界纪实竹枝词组诗

勘界一词，对许多人来说，可能很陌生。

我国自秦统一以来，始行郡县制。然而，从未勘定过界限。地图上所示的省、市、区、县界，基本以历史形成的习惯线为准。所以，多有交叉、混淆、改动。随着社会变革、经济发展，边界纠纷、械斗、甚至死伤事件时有发生。为此，1994年国家决定全面勘定行政区划界限。这是一项利在当前、功在千秋的历史性工程。历时八年，千辛万苦，终于完成。

笔者有幸参与了这一史无前例的工作。在担任北京市主谈判人期间，随手写了一些"顺口溜"，以记述那些难忘的日子。后经稍加修饰，收入本集。

勘界决定

中华上下五千年，自古辖区界未勘。
时代变迁争议起，今朝明令重如山。

勘界伟业

自古兵戎为地盘，资源利益引争端。
管辖法定利当代，功在千秋世世安。

实地勘察

山深林密路还迷,向导频呼脚步急。
待到峰巅云起处,风光无限众山低。

寸土必争

多日苦谈字未签,各为其主力陈言。
寻根据理勘实地,争去争来一脚宽。

平息械斗

纷争原自古崖居,械斗危情似火急。
百里飞车平乱事,归途静看艳阳低。

三省交界

京、津、冀汇燕山巅,序号界碑国字颁[①]。
权属明晰分水岭,三方握手尽开颜。

【注】
① 界碑序号由国务院统一编排。

四城交界

崇文、宣武、东、西城，交界箭楼道路中。
十字街头难定位，树碑四面立花丛。

塞外飞雪

坝上隆冬彻骨寒，踏勘偏遇雪封山。
苦谈日夜终裁定，蜡像银蛇舞作团。

病宿山村

数日风寒虚汗淋，中途病卧半山村。
老区群众老传统，如待当年八路军。

公私分明

祖籍燕赵住京城，难断亲疏五味生。
公心民意是杆秤，边界和谐促共赢。

推迟庆功

纸上谈兵已数论，传媒齐聚待佳音。
一方忽又生歧义，罢酒停杯再细斟。

签字仪式

勘界情牵亿万人，描红一笔重千钧[①]。
山河见证签约日，碑上长存日月痕。

【注】
① 勘界双方已认定的界限，用红笔在地图描线标注。

情真谊长

省市同行结友情，各为其主引纷争。
面红耳赤不相让，握手依然是弟兄。

勘界情怀

晨曦上路晚霞归，春夏秋冬日月催。
雨雪风霜同苦乐，"西游"一曲百川回[①]。

【注】
① 电视剧《西游记》主题歌词，与勘界情景十分吻合。被全国勘界人誉为"勘界之歌"。

总结表彰①

怀仁堂里耀华灯,掌声响起泪盈瞳。
回首八年风雨路,征鞭再舞踏新程。

【注】
① 勘界任务完成,在怀仁堂召开的总结表彰大会上,我荣立一等功。回顾勘界八年,苦乐酸甜,历历在目。感慨万千,更鞭策我做好今后的工作。

北海即景(三首)

(一)

琼岛回廊牵五龙,夕阳白塔映湖中。
鹅黄岸柳摇飞燕,金色亭台一抹红。

(二)

早踏晨曦琼岛边,放歌漫舞诵诗篇。
含情湖水涟漪起,双桨摇来笑满船。

(三)

太湖石径透空灵,山后时闻密语声。
俏女俊男凝望处,鸳鸯一对戏湖中。

扬州采风（二首）

（一）

曲径清凉柳树湾，寻得心静与悠闲。
花仙顾我微微笑，我与柳丝把手牵。

（二）

芳径通幽生紫烟，心清气爽自怡然。
蒙蒙细雨移花伞，忽有情人笑语甜。

葡京赌城

酒绿灯红靓女缠，纸牌骰子转轮盘。
千金一掷东流水，老虎吞食多少官？

有关教育（七首）

校车

又闻超载校车翻，花朵凋零心胆寒。
万唤千呼严整治，何年何日保平安。

补习广告

招牌贴画小传单,名校名师中状元。
兴趣特长同步走,为咱儿女"不差钱"。

放学门前

春夏秋冬寒暑天,准时齐聚校门前。
青丝银发同张望,只盼儿孙出校园。

小太阳

全家围着太阳转,问暖虚寒护百般。
温室鲜花千万朵,几枝绽放耐风寒。

助学费

望子成龙选校班,不惜助尽辛劳钱。
改革教育多文纸,付诸实施咋这难?

留守儿童

儿童留守盼团圆,欢聚多愁入校难。
公立无门民办少,打工子弟眼眈眈。

上学路难

攀爬峭壁涉急流,路险谁担父母忧?
乡长亲来接往返,学生一个不能丢①。

【注】
① 中央电视台"走基层"报导新疆某县乡村偏远,儿童上学要翻越陡峭山路,趟过河水。乡干部亲自接送,不让一个儿童辍学。

西峡英湾村(二首)

(一)

农业转型风气新,优良林果土成金。
"五通"进户重生态,一脸笑容全是春。

(二)

东院鸡笼玉兔家,西墙佛手挽丝瓜。
红楼尽染金秋色①,老汉迎宾笑捧茶。

【注】
① 红楼:西峡县规定农家乐统一红楼顶为标志。

国庆60周年阅兵,国人振奋世界瞩目,激动不已。以竹枝词记之

国旗护卫队方阵

手捧红旗振臂扬,国歌军礼伴朝阳。
庄严使命心中印,凝聚枪尖一道光。

海军方阵

十里长街涌浪花,港湾小岛舰为家。
蛟龙出水翻江海,志在汪洋未有涯。

女兵方阵

红装不爱爱戎装,豪气英姿映脸庞。
亮丽军中风景线,松风梅骨傲冰霜。

特种兵方阵

一身迷彩展雄风,龙虎鹰①威留美名。
特种兵团钢铁骨,穿插敌后建奇功。

【注】
① 特种兵被誉为:陆地猛虎、海上蛟龙、空中雄鹰。

雪豹突击队方阵

快速突击如虎虓，急难险重铁肩挑。
撼天动地雄风起，笑看红旗万里飘。

女民兵方阵

橄榄绿中一点红，英姿飒爽报国情。
从军古有木兰在，更喜今朝俏女兵。

装甲车方阵

装甲军车气势宏，疆场驰骋对刀锋。
翻山越岭破敌阵，青史新标赫赫功。

坦克方阵

铁流滚滚展雄风，喜看战车新面容。
电闪雷鸣敌丧胆，攻防兼备战旗红。

导弹方阵

射天利剑裂长空，精准打击霹雳风。
帷幄歼敌千里外，自信春雷第一声。

航空兵方阵

雄鹰展翅破云穿,编队三军勇向前。
歼警轰直成立体,协同作战卫蓝天。

唐山皮影戏(二首)

(一)

一竿一线舞精灵,万象鲜活映幕屏。
看客台前凝望眼,艺人台后注真情。

(二)

新编皮影俏夕阳,春晚登台红四方。
中外交流充大使,民间艺术也辉煌。

网络现象（十首）

网络把世界变小了，把信息变快了。网络已渗透到社会生活的方方面面。网络有精华，亦有糟粕……我们已进入网络时代。

网络

世界如今资讯快，家家户户入宽带。
键盘一尺系全球，轻点鼠标飞海外。

网游

包罗万象大观园，博客聊天操键盘。
机上日行八万里，纵观天下不须钱。

网上购物

网上银行把宝淘，搜搜购物热情高。
价廉物美上门快，真假名牌昏眼瞧。

网络立法

网络无边资讯多，奇闻轶事任评说。
谎言糟粕传播快，自律监督待几何。

网络语言

网络语言如涌潮,眼花缭乱赶时髦。
天天能见新词汇,文理不通一样抛。

博客

亿万网民即兴聊,视频宽带架金桥;
交流议论去博客,ＱＱ贴吧串串烧。

网吧

小巷深深一网吧,标牌提示满十八。
黑心老板向钱看,未到成年谁管他!

网迷

痴迷网络不思家,学业荒疏分数滑。
家长老师同呐喊,谁来救救咱娃娃?

上网

见面问声还上网?讯息高速任飞翔。
漫游世界新奇事,指点江山字句狂。

网恋

聊天室里觊新奇,倾诉衷肠设骗局。
一夜情深多悔泪,方知网络是虚迷。

烤鸭誉满全球

国际友人来访华,饮食文化众声夸。
大江南北品尝遍,拇指一伸数烤鸭。

百年老字号

古朴传奇铺面墙,百年老店话沧桑。
凝结几代心和血,全聚德人图奋强。

品烤鸭

层层春饼上餐台,青翠瓜条葱段白。
淡抹酱香添个味,烤鸭品过笑颜开。

宏志薄发

百年炉火亿只鸭,字号不衰业绩佳。
铭记毛公一句话,励精图治待薄发。

排律·歌行体

园博园·北京园

京都佳景汇园中，一展皇家相地风。
花草山石皆有韵，楼台庭院尽含情。
东临沧海千层浪，西倚太行万仞峰。
北帐燕山离战火，南萦易水壮歌声。
化坑为谷添新貌，培土成丘改旧荣。
永定河边春色早，卢沟桥上弹痕清。
四合院内竹摇绿，聚景阁前枫染红。
霞染飞檐归紫燕，花开艳蕊落蜻蜓。
三叠瀑布玉珠落，一涧清流泉水鸣。
锦绣谷中花簇簇，长城脚下树葱葱。
奇石曲径清虚界，画栋连廊御苑明。
响叶杨吟惜落叶，爽风楼恋沐秋风。
千年文化今朝续，融汇移天缩地功。
观景高台歌盛世，长啸一句爱北京。

瑞士·登铁力士山

阿尔卑斯山,铁力士峰雄。
扶摇四千尺,高处入苍穹。
远眺积雪白,近闻溪水声。
山下丛林绿,山上水晶宫。
树间隐木屋,草地唱牛铃。
自然人和谐,万象俱通灵。

青海贵德黄河畅想曲

黄河水浊世闻名,独有贵德河水清。
两岸风光观不尽,水中倒影梦幻行。
临流遥望奔腾水,飞架长桥卧玉虹。
炮台一盏兴难尽,美酒千杯思绪浓。
每忆黄河称百害,豪杰累代战河工。
一声号令传承久[①],亿万愚公绘巨龙。
西北治沙百年计,大漠高原千里葱。
拦洪蓄水小浪底[②],输电高峡有青铜[③]。
更待蓝图施规划,西部开发热浪腾。
再现千条贵德水,不信黄河水不清。

【注】
① 指毛泽东"要把黄河的事情办好"的指示。
② 小浪底水库地处洛阳。
③ 青铜峡水电站。

参观常德诗墙

久久凝望诗墙，叹为观止潇湘。
三千长幅画卷，十年铸就辉煌。
久久凝望诗墙，经典诗赋篇章。
历代骚人墨客，今朝两岸留香。
久久凝望诗墙，九百书画巨将。
倾心挥笔泼墨，描绘诗情意长。
久久凝望诗墙，历数百代沧桑。
细品名贤题咏，聆听心底绝唱。
久久凝望诗墙，武陵佳致神往。
兰芷风华正茂，天地人和吉祥。
久久凝望诗墙，华夏新声高昂。
五洲撷英荟萃，汇聚滔滔沅江。
久久凝望诗墙，智慧名城首创。
堪称世界第一，华夏闻名诗乡。

澄江行

千里会诗朋，晚霞染禄充。
古榕手挽手，抗浪结伴行。
抚仙湖浩渺，清澈见底明。
远山入一水，近影出群峰。
探秘潜湖底，经年遗古城。
帽天山考古，世纪化石惊。
钢锅鱼味别，车水捕鱼翁。
如梦诗画里，澄江不尽情。

民政颂（十五首）

（一）

人民政府，二字民政。
分忧中央，解难百姓。
政务公开，依法行政。
无私奉献，一心为公。

（二）

政权巩固，重在基层。
直接选举，两委先行。
社区建设，志愿社工。
服务热线，网络畅通。

（三）

查灾救灾，雷厉风行。
扶贫济困，暖在心中。
扩大低保，普惠大众。
社会救助，倾注真情。

（四）

拥军优属，巩固长城。
优待抚恤，褒奖英明。
复退安置，人才两用。
军民共建，精神文明。

（五）

军休干部，建军有功。
妥善安置，情系军中。
落实待遇，组织活动。
发挥余热，弘扬传统。

（六）

见义勇为，依法认定。
宣传事迹，奖励英雄。
保障权益，心不再冷。
弘扬正气，净化世风。

（七）

支援国防，保障军供。
平战结合，时刻待命。
餐饮优质，情暖官兵。
安全准时，护送征程。

（八）

勘定边界，减少纷争。
法定归属，责权分明。
行政区划，适时调整。
经济发展，政令畅通。

（九）

内外婚姻，规范出证。
登记仪式，温馨庄重。
文明用语，吉祥喜庆。
用心调解，和睦家庭。

（十）

民间组织，未艾方兴。
登记管理，严格认证。
持法年检，明确职能。
引导扶持，发挥作用。

（十一）

益寿延年，关注老龄。
九养举措，方便妪翁。
高龄补贴，免费出行。
精神抚慰，夕阳正红。

（十二）

社会福利，事业兴盛。
集中供养，鳏寡弃婴。
硬件改善，软件提升。
尊老敬老，服务热情。

（十三）

福利生产，同酬同工。
残疾就业，自力更生。
政策扶持，减免税种。
融入社会，权益平等。

（十四）

殡葬改革，易俗移风。
文明祭扫，告慰亡灵。
英烈公墓，宣教后生。
服务至上，端正行风。

（十五）

热爱民政，奉献民政。
做大民政，发展民政。
生活和谐，社会稳定。
民政公仆，无上光荣！

晋中行

走遍东西南北中，晋中步步不虚行。
今来古往皆风采，山水人文别样情。
文化厚，黄土风，晋腔晋剧唱新声。
诗词歌赋吟散曲，店铺匾联镶满城。
历史久，遗产精，王乔大院首推崇。
称奇古堡看张壁，古朴平遥入画中。
梵音远，仰介公，绝崖峭壁大罗宫。
锦山庙宇悬空挂，广胜寺闻诵经声。
展经纬，物产丰，虎头山上谷禾葱。
焦煤钢铁雪中炭，商贸物流四海通。
人为杰，地则灵，旧朋新友皆真诚。
诗书画影难描绘，归途细品味无穷。

三访遵义会议会址

初临多睹物，件件有回声。
步移时感慨，心亮一盏灯。
次第温党史，仔细探纷争。
左右遭批判，是非分辨清。
领袖指方向，北上踏征程。
红军得挽救，振气展雄风。
三访精神悟，当继好传统。
万千好儿女，血染党旗红。
初心不可忘，砥砺向前行。
宏图如锦绣，民族正复兴。
阔步新时代，中华歌大风。

大国外交

自有联合国宪章，从来霸主一言堂。
地球村里公平少，安理会中无弱强。
自立更生谋发展，韬光养晦避锋芒。
敞开门户科技进，除弊创新伟业张。
世贸复谈求共识，巴黎协议领头羊。
亚欧班列货箱满，华夏丝绸路带长。
上海经合添伙伴，雁西湖畔着唐装。
杭州起舞与时进，青岛扬帆再远航。
制暴维和凭国力，医疗援助有担当。
护航编队功勋著，贸易摩擦放眼量。
世界时兴方块字，孔园培育少年郎。
不分贫富皆兄弟，互利双赢多友邦。
致力多边争话语，新兴大国位中央。
卅年博弈风和雨，外事交流慨而慷。

观庆祝改革开放40周年大会有感

三中全会起航程，四十年来路不平。
摸石渡河初探索，挥鞭沿海作先锋。
民营证照藩篱破，个体法人春雨逢。
引进招商开视野，加工制造遍乡城。
创新科技人才聚，圈定特区山水明。
入世鸥鹏丰翼展，投行上合助龙腾。
亚欧班列挟风过，船舰深蓝破浪鸣。
揽月飞天时往返，编队护航任穿行。
三农国策乡村变，亿户脱贫世界惊。
倡导文明接地气，腾飞经济惠民生。
强军日益长城固，外事经年大国名，
治党从严正风气，初心不改日康宁。
大江滚滚东流去，再上征途一盏灯。

賦文

涿鹿县赋

涿鹿古城，史记芳名。三山一面，两河流径。丘陵起伏，沟壑纵横。京都之翼，西北之屏。南衔太行之剑气，北望燕山之浑雄。原野莽莽，岁月峥嵘。

涿鹿古城，历史名城。三祖庙，先帝佑护；五千年，文明传承。战场遗迹在目，旌旗鼓号有声。定车指南，炎黄举兵。横扫蚩尤，合符龙腾。始开部落之统一，奠定华夏之文明。黄帝泉水长流兮，哺育芸芸众生；轩辕湖水清澈兮，岸边郁郁葱葱；感恩三祖恩德兮，洗练千年恩情。黄帝城廓，苍颜奇伟，出土文物，鬼斧神工。历史不忘，民族当兴。

涿鹿古城，人杰地灵。土地改革，暴风骤雨，电闪雷鸣。人民做主，丁玲挥笔，书写英雄。桑干河上阳光普照，温泉屯里笑语欢声。故居存史矣，彰显湘女情怀；榆槐合抱矣，象征纯朴民风。

涿鹿之城，再踏新程。规划蓝图，齐力前行。科技兴邦，广纳精英。气候宜人也，四季分明；土地肥沃也，五谷丰登；交通便利也，道路纵横；高楼林立也，点点繁星。城乡一体化兮，新村改造如沐春风；心想老百姓兮，社会稳定庶民康宁。

行进小康路乎，昂首挺胸，实现中国梦呼，山呼水应。

嗟呼！

指看中华民族伟大复兴！

八宝山革命公墓赋

五百年古寺,八万里雄襟。
西望灵山晴雪,东衔大道华门。
苍松翠柏相掩,鲜花碧草温馨。
记之,
华夏仁人志士,五洲四海知音。

疆场将帅,开国元勋。
人民公仆,国家重臣。
一星两弹,科技强军。
民主党派,拥绕星辰。
民族大业,携手躬身。
文化泰斗,戏曲瑶琴。
丹青水墨,彩绘乾坤。
有朋千里,国际友人。
志愿相助,天涯毗邻。

寻真理,追随马列,救国救民。
求解放,沥尽肝胆,叱咤风云。
谋良策,治国兴邦,日夜笃勤。
复兴路,傲然挺立,世界之林。

古柏参天立兮,大地铺清阴。
故人得安息兮,不朽是英魂。
功名昭日月兮,丰碑矗民心。
继承先烈志兮,当有后来人。

壮哉!

一生奋斗,万代居尊。

伟哉!

华夏脊梁,精神永存!

永定河赋

一条玉带,千里长龙,
上苍之水,哺育京城。
莽莽草原走来,
潺潺溪流,一路叮咚。
崇山峻岭奔出,
滚滚波涛,三势浑雄。
流过田间沃土,
穿凿壑谷奇峰。
漾漾洋河,浩浩桑干,
携来妫水,汇于官厅。
门头沟里献唱,
石景山下欢腾。
壮丰台、过房山,育大兴。
经河北、扑海河,伴津风。
千年之水,奔流不息,
百代社稷,孕育苍生。

往事犹记,岁月峥嵘。
瀑雨涟涟,洪流汹汹。

泥沙滚石,浊浪排空。
堤坝决口,河床改道,民庐无踪。
田禾殆尽,畜禽失所,百姓飘零。
母亲河啊,怎得个无定名!
河神醒,帝王惊,
问民意,查灾情。
根除水患,屡战险工。
疏浚河道,固坝渠通。
烟波浩淼,桥影流虹。
时一六九八年,
乾隆兴巡,赐名永定。
浑河作古,㶟水新生。

嗟呼!
七七事变,日寇狰狞。
枪声顿起,雄狮惊醒。
全民抗战,血筑长城。
宛平城墙,遗留倭寇弹坑。
永定河水,回荡义勇歌声。
珍爱和平,不惧战争。
失道必败,正义必胜。
民族命运,华夏兴亡牢牢握在自己手中。

乾坤转兮,旭日东升。
春风拂动岸柳,西山尽染红枫。

城乡阳光灿灿，田间禾苗青青。

三家店、碧波荡漾，

卢沟桥，圆月清明。

园博园，赏世界风韵，

南海子，追麋鹿仙踪。

再举目，

梨花雪白，**桑葚紫红**。

葡萄满架，西瓜系藤。

森林湿地，百鸟争鸣。

科技创新，汇聚精英。

凤凰展翅，银燕腾空。

高铁提速，道路畅通。

连接京津冀，携手雄安城。

团河行宫，古碑诉说往事，

绿带走廊，**繁花彰显今荣**。

盛世兮，长堤金固，世代康宁。

大地放歌，千秋永定！

南风送暖 东海情深

  今年3月20日，《光明日报》转载了习近平同志于1990年7月16日发表在《福州晚报》上的《念奴娇·追思焦裕禄》的词作。在发表这首词的相关资料中提到时任《福州晚报》副总编的陈诚治同志回忆说"除这首词外，习近平在履职福州市委书记期间，还曾在《福州晚报》上发表过七律诗等……"当时，我有一种强烈的愿望就是设法找到这些诗词。

  《北京诗苑》主编石理俊先生，将此事委托曾在《福州日报》任记者的杨友树同志协助查找。4月8日他把习近平同志于1991年1月10日发表在《福州晚报》头版的一首《七律·军民情》传真过来。《北京诗苑》将《念奴娇·追思焦裕禄》和《七律·军民情》一并在今年第二期刊登。

  笔者曾为军人，转业到北京市民政局工作后，长期做双拥工作。

  今读习近平同志的《七律·军民情》备感亲切。

  《七律·军民情》气势磅礴。首句"挽住云河洗天青，闽山闽水物华新"，展示出一幅广阔壮丽的画卷。当时全国正在开展创建"双拥模范城"的活动。作为前沿城市，面对台湾"台独"势力的抬头，海峡风起浪涌，并不平静，增强军政军民团结，巩固国防，成了福州市人民和驻军的共同心愿和政治任务。全市军民携手挽天河，扫阴云，成为全国首批"双拥模范城"。"洗天青"三字，尽显作者大手笔！特别是一个"洗"字，气势恢宏，力重千钧。有了军民的心连心，同呼吸，共命运，才换来了福建大地的山水秀丽，经济发展，社会进步，一片生机。

《七律·军民情》意象清新。颔联"小梅正吐黄金蕊，老榕先掬碧玉心"，以比喻拟人的手法，写福州"双拥"工作的成就和福州人民的奉献精神，生动形象。这首诗写在一月份，小梅正吐蕊，一方面象征着双拥工作春天的来临，另一方面象征着福州市双拥工作正在起步发展，同时也有谦虚的含义。而"老榕先掬碧玉心"，用历尽沧桑而茁壮的老榕，来赞扬曾是革命根据地和作战前沿阵地的福建人民向人民子弟兵捧出的一颗碧玉无瑕的真心。

《七律·军民情》感情真挚。"君驭南风冬亦暖，我临东海情同深"，参加全国双拥工作会议的代表齐聚福州，虽是隆冬，但代表感受到的却是福建人民的热情和温暖。接着是作者对与会代表的内心倾诉，和对军民关系的期望，使深如东海的情意进一步得到升华。在这欢聚的时刻，作者从心底发出呼唤，"爱我人民爱我军"，铿锵有力，如嘹亮的号角，传遍四方。

《七律·军民情》是"三贴近"的典范。习近平同志这首诗，写在全国双拥工作会议在福州召开之时，应属于时政和新闻诗的范畴。有的人把这类的诗看作口号、说教，而不写这类诗。事实上这类诗古今有之，且有佳作名篇。毛泽东同志看到南京路上好八连的报导后，写了《八连颂》；看到1958年6月30日《人民日报》报导的余江县消灭血吸虫病后，夜不能寐，于7月1日又写下《送瘟神》，留下了"春风杨柳万千条，六亿神州尽舜尧"的名诗名句。习近平同志在这首诗中"小梅正吐黄金蕊，老榕先掬碧玉心"、"君驭南风冬亦暖，我临东海情同深"，恰到好处地运用了形象思维和比喻拟人的手法，增添了浓浓诗味。事实说明，时政、新闻的题材一样可以入诗，一样可以出精品。贴近实际，贴近生活，贴近群众，诗才有感染力、生命力。习近平同志的这首诗堪称典范。最近中央宣传部专门召集中华诗词学会的负责同志座谈，要求用传统诗词的方式配合形势，歌颂英雄模范人物，宣传社会主义核心价值观，这是中华诗词发展中难得的机遇，也是义不容辞的责任和历史担当。

　　琴瑟相和，鱼水难分，山水相近，军民情深。当"爱我人民爱我军"成为每个人的行动时，中华民族就能像毛泽东同志描绘的那样"军民团结如一人，试看天下谁能敌"。

2014年7月9日

让诗心与时代共鸣

诗词，作为文学艺术产品，属于上层建筑范畴，而上层建筑是由经济基础决定的。任何文学艺术作品，都是当时社会发展、经济活动、生活现象、人民情感的客观反映。因此，诗词创作要有时代担当。正如习近平同志在文艺座谈会上讲话中指出的要"努力创作更多无愧于时代的优秀作品"。

如何创作无愧于时代的优秀作品？

首先要紧跟时代，唱响主旋律。"文艺是时代前进的号角，最能代表一个时代的风貌，最能引领一个时代的风气"。鲁迅说过："文艺是国民精神所发的火光，同时也是引导国民精神前途的灯光"。当前，我国改革开放更加深入，经济持续平稳发展，社会进步安定，人民的生活水平日益改善，国际地位和影响力不断提高。中国人民正在建设有中国特色的社会主义道路上，为实现中华民族伟大复兴的中国梦阔步前进。这就是我们所处的时代的主要特征。诗人的思想要融入时代的精神，行动要跟上时代的步伐，作品要反映时代的风貌。这是社会的主流。习近平同志指出："要把爱国主义作为文艺创作的主旋律。"我们的诗词作品，不论是歌颂还是针砭，都应当把握好这个主旋律，提倡核心价值观，发挥正能量。

其次要深入生活，贴近群众。要坚持以人民为中心的创作导向。人民是历史的创造者，也是文艺创作的源头活水。人民群众中有许许多多生动的事迹、鲜活的语言、可歌可泣的人物；蕴含着丰富的文化素材；各地都有不同的人文特色。只有深入生活，贴近人民群众，才能从中汲取营养，丰富自己，创作出优秀的作品。"一旦离开人民，文艺就会变成无根的浮萍，无病的呻吟，无魂的躯壳。"诗词作品不仅要把人民当做表现的主体，还要让人民群众喜闻乐见认可。那些认为诗词是阳春白雪高雅艺术，是少数人的专利的倾向是不可取的。有的认为句句必用典，不注释别人看不懂，以示有学问；有的语言比古人还古，完全脱离社会现实和现代语言，好像我们还生活在古代；有的故意用生僻字等等，这不利诗词"跳出小圈子"，走向大众。习近平同志指出："要把满足人民精神文化需求作为文艺和文艺工作的出发点和落脚点。把人民作为文艺审美的鉴赏家和评判者，把为人民服务作为文艺工作者的天职。"只有这样诗词才能真正无愧于时代，才能有诗词真正的春天。

第三，要下功夫出精品，攀高峰。有人说目前的诗词爱好者超过百万人。全国各地的大小报刊和互联网一年所发表的诗词就相当于全唐诗的数量。虽无精确统计，但数量可观则是公认的。应当说这是好事，说明格律诗词正在走向繁荣。同时也存在着"有数量、缺质量，有'高原'缺'高峰'的现象。"中华诗词提出"精品战略"已10余年了，"精品"依然是所有诗词爱好者要努力攀登的一座高峰。要出精品，除了以上所说的要紧跟时代深入生活以外，关键还是要静下心来，扎扎实实练好基本功。清代李沂在《秋星阁诗话》中云:"学诗有八字诀,曰;多读、多耕,多改而已。"看来写好诗无捷径可走,要多读书,多创作,反复修改。推敲先生贾岛也说过:"为求一字稳,耐得半宵寒",可见先人们对待创作的态度。有了这种境界,创作就必然严谨,才能真正出好句出好诗。客观地说,当今也不是说没有好诗词。笔者也不完全赞同好诗词都让唐宋写完了,今天很难超过先人们的诗词。这就提出了一个问题,就是缺乏精选本,缺乏有权威有影响力的精选本,这应是摆在我们面前的一个课题,期待不久可以完成。

于右任先生说:"诗必须发扬时代精神,便利大众欣赏。"让诗心与时代共鸣,肩负起历史担当的责任。

为英雄史诗而歌

在纪念中国人民抗日战争暨世界反法西斯战争胜利70周年之际，本期以《慷慨壮歌》《重温历史》两个专栏的篇幅，集中刊载了反映这一波澜壮阔历史画卷的诗词作品，使我们铭记历史，缅怀先烈，珍惜现在，面向未来。

这些诗词，既有老一辈无产阶级革命家的作品，也有在抗日战争中为国捐躯将士们的遗作，还有当代诗人为纪念那一段难忘历史而创作的作品，读来心情久久不能平静。

从作品中可以看到，日本帝国主义侵华战争，给中国人民造成的深重灾难。"幽阴道上生民血，青草池塘烈女魂。野老悲号焚后屋，荒鸡啼失劫馀声。"（易海云《忆昔》）。深刻揭露了日本侵略者实行"三光"政策，进行大扫荡的罪恶行径。张四喜在《悯慰安妇》长诗中写到："饱受折磨多苦刑，日寇毒如活畜生。轮番奸污几昏死，欲求快死不求生"。敌人的残暴令人切齿。这些诗句读后使人悲愤满腔，怒火填膺。

从作品中可以看到，广大军民奋勇抗敌，舍生忘死的英雄气概。请看抗日英雄赵一曼的遗诗："誓志为人不为家，涉江渡海走天涯。男儿岂有全都好，女子缘何分外差。一世忠贞新故国，满腔热血沃中华。白山黑水除敌寇，笑看旌旗红似花"。朱德元帅《悼左权同志》一诗，更是高度颂扬了这位抗日名将为国献身的精神。"名将以身殉国家，愿将热血卫吾华。太行浩气传千古，留待清漳吐血花"。从中我们可以领悟先烈们气壮山河英勇无畏，不惜以生命来保卫国家的伟大抗战精神。

作品激励后人牢记历史，缅怀先烈，勇于担当。在当代诗人写的纪念性作品中，有大量的佳句箴言。"冲天一派英雄气，犹绕青山绿水间。""沧桑劫后忆硝烟，报国丹心任在肩。""重温历史休坐怠，警惕东条有继行。""青山万仞雄碑在，百代千秋励后人。"是的，我们不能忘记过去，不能忘记革命先烈的英雄壮举，不能忘记千千万万的同胞倒在日寇的枪炮下。忘记过去就意味着背叛。今日的幸福生活来之不易，当倍加珍惜。每个中华儿女，都要为国家的富强，祖国的领土完整，人民的安康尽一份责任，贡献一份力量。这是对革命先烈和死难同胞最大的告慰。

写到此，我想到诗词如何反映历史、时事、政治题材的问题。纪念抗日战争胜利70周年，可谓正是这种题材。古人留下的描写战争、忠心报国的诗篇至今我们都耳熟能详。"国破山河在，城春草木深。""黄沙百战穿金甲，不破楼兰终不还。""醉卧沙场君莫笑，古来征战几人回。"杜甫的《出塞曲》，王昌龄的《从军行》，王翰的《凉州词》，以及岳飞、陆游、辛弃疾等诗豪词家的作品，给了我们很好的示范，我们可以学习借鉴。这些诗词大多写战争给人民造成的痛苦，将士们的骁勇善战，思乡之情，以及报国无门的感叹。今天时代不同了，对象不同了，战争的性质不同了，如何反映现实呢？本刊选编的纪念抗日战争的诗词，会给我们两点启示。一是这些题材应当写；二是可以写好。"古来青史谁不见，今见功名胜古人"（岑参）。抗战精神永存！

有幸参加纪念中国人民抗日战争暨世界反法西斯战争胜利70周年阅兵观礼，心潮澎湃，情自难禁，遂成七律一首《9·3阅兵观礼》：

红旗舞动紫云开，礼炮歌声动九陔。
抗日老兵含泪过，英雄方队卷潮来。
新装重器风姿展，银燕晴空依次排。
鉴史复兴中国梦，和平必胜落尘埃。

2015.9.3

卷首语

岁末喜羊群更壮。

春来大圣意犹新。

年少时，觉得一年很长，年长时，又感到一年很短。不管你觉得长还是短，那365日都是一天天走过的。感觉并不重要，重要的是这一年有什么收获。

翻开2015年的增刊，答案就有了。从会员的诗词作品中可以看到成长、进步，硕果累累。

时代使诗人产生激情。2015年，是值得记住的一年。在党的十八大和三中、四中、五中全会精神的指引下，我国社会稳定，经济发展，人民的生活水平日益提高。特别是纪念世界反法西斯战争和中国人民抗日战争胜利70周年大阅兵，振军威、扬国威，极大地激发了人民群众的爱国热情，提升各族人民全面建成小康社会的自信心，增强了实现中华民族伟大复兴中国梦的信念。在这样一个充满活力的国度，一个多姿多彩的时代，诗人们怎能不心潮澎湃、诗如泉涌。党中奎看到大阅兵的场面后写到"犹见城楼擂战鼓，老兵请命赴征尘"，突显了一个老兵对祖国的热爱和忠诚。杨仰贤有感于习近平主席和马英九先生握手的时刻，即出"两岸非凡握手，翻开一页春秋"的诗句。这些都生动地记录了2015年引起世界瞩目的历史性事件。

生活使诗人产生灵感。生活是多彩的，生活是变化的。热爱生活的人,语言文字也有滋有味。"翠屏絮絮叠诗韵,笑脸张张抱太阳";"西风扫尽花千朵,唯有黄菊不显愁";易海云老先生性格豁达、豪爽,"八十人生再启航,豪情依旧任高扬",彰显他的人生态度。道路有崎岖坎坷,生活有酸甜苦辣。遇坎坷,能勇往直前,有苦难不怨天忧人,始终以乐观的人生心态,积极向上的态度看待生活,品味生活,人生才更有意义。生活是诗人创作的沃土,诗出自生活。

  大自然使诗人产生联想。大自然的美轮美奂往往使诗人融入其中。借物喻人、借物咏志,已成千古绝唱。郭通海在雨中游颐和园时被那"烟波琼岛湖中雨,云雾横桥浪里船"的画面所感动;邹德余"登高望远山河秀,终有月圆潮水平",对祖国的大好河山发自内心的爱,平添了一份期许。美,谁都不会拒绝。青山、碧水、白云、彩霞、绿树、红花、瑞雪、酥雨……这些在诗人的眼里、心中,都产生了无尽的遐想,都赋予了新的生命,逐渐达到天人合一的境界,诗句也就有了生命。

  总之,增刊看到了羊年喜洋洋,羊更肥壮,羊群(诗人圈)数量更多了。大圣归来,金猴献瑞 。新的一年诗坛必将更加生气勃勃。让我们认真学习贯彻习近平主席在全国文艺座谈会上重要讲话精神,创作出更多更好无愧时代的优秀作品。

更上层楼

北京诗词学会会刊《北京诗苑》，自创刊以来已编发94期。在作者、编者的共同努力和广大读者的大力支持下，越办越好，成为深受欢迎的一本读物。

随着中华诗词的复兴和发展，创作队伍不断扩大，作品数量日益增加。因此，本刊决定从本期开始进行改版，除扩大版面外，再增设一些新的栏目，以一个崭新的面貌呈现在读者面前。

万变不离其宗。版面变了，但办刊的正确方向和宗旨将继续坚持，并有所改进，有所创新。

一、立足北京，面向全国。北京是祖国的政治、文化中心，产生了大量的诗词大家、名家，理当宣传，"北京百家"和"燕山遗韵"两个栏目即担此任。地方刊物既要弘扬本地文化，也要与外地交流，取长补短，共同进步。"京华韵语"和"山海诗鸿"两个栏目将继续保持这一特色。

二、为会员服务。《北京诗苑》作为会刊，为会员提供作品交流平台，帮助他们提高创作水平，是应尽的义务，开设"会员之业"和"作品评改"两个栏目，就是为了尽其之职。

三、打造特色品牌。倡导新时代竹枝词和燕赵诗风，已经成为本刊的两大品牌。同时北京又是散曲的发源地之一，元曲早期著名作家多数是北京人，并创作出大量的传世作品。因此，学会决定将倡导散曲创作作为第三大品牌，与"竹枝新唱"和"慷慨壮歌"两个栏目并肩开设"散曲之窗"栏目，刊登当代优秀散曲作品以飨读者。

四、精品意识。作为学会会刊，肩负着引导正确的创作方向的责任。同时，作为面向全国的刊物，也肩负着树立地方文化形象的责任。因此，把好政治观，把好质量关，是不可动摇的两条重要原则。多年来，我们坚持"有诗味、有新意、大体合律"的选稿标准。实践证明，这个标准是符合时代要求的，也符合多数读者的欣赏需求，我们将坚定不移地坚持下去。

为把《北京诗苑》办得更好，使其更上层楼，我们杂志社全体同仁将以百倍的努力，勤奋工作，同时希望广大作者和读者继续给予支持，我们将不胜感激。

贺《北京诗苑》丙申年改版：

> 迎来大圣庆新春，势壮骚坛精气神。
> 更筑瑶台歌漫舞，春花秋月赏佳音。

2015 年 11 月

江山万里起回声

今年，是中国共产党领导的工农红军长征胜利80周年。为了纪念中国乃至世界历史上波澜壮阔的伟大胜利，近几期，《北京诗苑》着重征集、刊发了一部分纪念长征的诗词作品。细细读来，一幅幅红军长征的画面，仿佛就在眼前。

学习长征精神，要坚持理想信念。在那"夜沉天未明，风暴乱云横"的年代，工农红军在中国共产党的领导下，为了劳苦大众翻身解放，始终坚持自己的理想与信念，"绝域艰难几万重，雄狮浩气贯长虹"。不管战争多么残烈，条件多么艰苦，"壮士心中别有天"。一直为实现心中的理想和信念而前赴后继。"饱经磨砺，坚信光明。"

学习长征精神，要不怕困难，不怕牺牲，勇往直前。湘江战役、四渡赤水，飞夺泸定桥，过雪山草地……一次次生与死的较量，一次次绝处逢生，"万水千山流血印，三军百战树丰功"，都是红军战士用生命和鲜血换来的。"草掩泥潭，风卷冰川"；"一条皮带分锅煮，野菜当餐、篝火趋寒。"生动形象地展现了红军过雪山草地时难以想象的艰难与困苦。就是这种条件下，红军以不怕艰难险阻的大无畏革命精神，在"灯辉远征路，帆正领航程"正确路线的指引下，走完了长征路。

学习长征精神，要紧紧依靠人民群众，官兵一致团结奋斗。红军在敌人几倍于我们、而进行围追堵截的情况下，能四渡赤水，能顺利通过彝族地区，能打胜仗，靠的是红军铁的纪律，官兵一致。得到人民群众的支持。"指挥若是人民助，山也含情，水也含情，山水长留军号声。"得到人民群众的拥护，红军就有千里眼、顺风耳，而把敌人变成瞎子，聋子。正如毛泽东同志所说：长征是宣言书、长征是宣传队、长征是播种机。人民支持，官兵一致。红军就没有战胜不了的困难。

　　学习长征精神，要走好今天的长征路。从"雪山寒，索桥险，炮声惊"到"颂之气，功之伟、梦之馨"，红军的长征精神永存。今天我们开始了为实现中华民族伟大复兴的中国梦新的长征，牢记和发扬长征精神尤为重要。"磨砺人生添壮志，担承大任建丰功"。每个人都要"勿忘当年先烈血"，不忘"英雄打下千秋业"。不忘初心，牢记使命，尽其所能，为新的长征助力添彩。

　　习近平在纪念红军长征胜利80周年大会上讲话指出："这一惊天动地的革命壮举，是中国共产党和红军谱写的壮丽史诗，是中华民族伟大复兴历史过程中的巍峨丰碑"。今天我们用手中的笔，用诗词讴歌伟大的长征精神。同时弘扬发展诗词事业，攀登诗词的高峰，也需要长征精神。

百尺竿头再进一步——写在《北京诗苑》百期之际

"百岁光阴一梦蝶，重回首往事堪嗟"（元·马致远）。

北京诗词学会成立已近30周年（至2018年），学会的会刊《北京诗苑》也已满百期。许多老会员和诗友见证了她的成长。新会员和读者把她作为朋友。《北京诗苑》已成为广大诗词爱好者学习和交流的平台。在全国诸多诗词刊物中，始终走在前列，受到了诗词界和诗友们的好评。

《北京诗苑》前期，曾用《京华诗讯》《京华诗苑》；直到1995年，正式启用此名。办刊的宗旨是"推介精品、突出特色、立足北京，面向全国"。百期实践，成绩斐然，多少心血，凝聚一刊。

坚持正确办刊方向。方向明，则步履坚。做任何一件事，都必须有明确的方向和目标。方向定了，就会有办法、措施、信心，一步一个脚印地向目标前进。诗刊作为文学艺术类刊物，就要坚持为人民大众服务，为社会主义现代化建设服务的方向，实行百花齐放、百家争鸣的文艺方针，反映火热的生活，奏响时代强音。不论是歌颂盛世，还是针砭时弊，都要发挥正能量，促进社会进步。翻阅《北京诗苑》百期，答案是肯定的。

坚持突出北京特色。北京是一个古都，有深厚文化积淀。北京又是现代化的城市，是我国的政治中心、文化中心，国际交往中心，科技创新中心。北京的地位有别于全国其他各个城市。《北京诗苑》作为北京地区的诗词刊物，也要具有北京的特色，北京的品位，才能和首都的地位相适应。特色之一——竹枝词。《北京诗苑》的竹枝词专栏，已吸引和凝聚了北京乃至全国竹枝词爱好者，用杨金亭先生的话说，实际上它已成为全国竹枝词创作发展中心。其普及推广程度、理论研究水平都高于全国，对诗词界产生了很大影响。特色之二——燕赵诗风。我们地处燕赵大地，自古燕赵多壮士。刊物"慷慨壮歌"栏目，刊发了大量的气宇轩昂、激情壮怀、韵律豪放的大气诗作，这些作品在紧随时代脉搏，赞颂英烈，鼓舞人民等方面发挥了积极的作用，可以说是满满的正能量、主旋律。特色之三——散曲。北京是元曲的发源地，且有许多代表人物。为促进北京地区散曲的创作和发展，学会成立了散曲研究会，开辟了散曲创作基地。刊物也设立专栏，刊登曲友作品。散曲也在京西古道、燕郊田园回荡起来。特色就是亮点，有亮点就能吸引目光，照亮一片。

  坚持求正容变，双轨并行。诗词作为文学艺术中的精华，经过千年演变发展，形成现在诗、词、曲的模样，其中有自身的规律和要求，我们必须学习继承，同时也要随着时代的变化创新发展。开始编辑《京华诗苑》时，曾提出"宽遵格律""大致合律"的要求，主要是诗词创作开始起步，不要把诗词爱好者关在门外。这在当时对诗词的回归起到了一定的作用。后来根据马凯同志提出的"求正容变"和中华诗词学会倡导的"双轨并行、提倡新韵"，逐步明确了刊物的艺术标准。遵古不泥古，发展不离宗。诗词界对格律音韵问题已争论多年。诸多观点、诸多版本。如果完全拘泥于一点不利于诗词事业的发展，更不用创新了。因此《北京诗苑》选用稿件时，在遵循诗、词、曲基本规范的前提下，主要看作品思想性和艺术性的统一。这样既是对作者的尊重，也有利于诗词的创新和发展。

坚持精品战略，服务会员。这两者有一定的矛盾，实质是一个普及和提高的问题。我们所面临的现状正如习近平同志指出的那样，有高原缺少高峰。诗词本来就是文艺作品的"塔尖"，要挤进"塔尖"站在高峰，难度可想而知。但我们要向这个目标努力。因此，学会和会刊都十分注意和重视发现和推荐优秀作品，每年的端午诗会以及其它的一些诗词征集评奖活动，评选出的佳作都在刊物中设专栏刊出，旨在推出新人新作。包括诗友荐诗鉴赏，都是精品战略的具体举措。而对广大会员来说，学会和刊物必须面向他们。这不仅是学会存在的基础，也是刊物提高的基础。也是推动诗词事业发展的社会责任。他们之中就可能出诗人出精品，质量涵在数量之中，提高基于普及之上。

"百年那得更百年，今日还需爱今日。"（明·王世贞）我们拥有了今天，期待明天更上一层楼，色彩更绚丽。

在此，感谢会员诗友和所有关心《北京诗苑》发展和为此付出辛勤汗水的朋友们。

伫立京华望九州，胸中广纳百川流。
拾洪山海寻珠玉，借笔云台系斗牛。
院士诗钞文理合，农民情注稻粱谋。
回眸几叹蹉跎路，不改初心座绣楼。

思想精深 艺术精湛

习近平总书记在党的十九大报告中指出："要繁荣文艺创作，坚持思想精深，艺术精湛、制作精良相统一，加强现实题材创作，不断推出讴歌党、讴歌祖国、讴歌人民、讴歌英雄的精品力作。"

诗词，是文化的一个组成部分。在继承和弘扬优秀传统文化方面，更有其独特的不可替代的地位与作用。如何将源自中华民族五千多年文明的诗词文化发扬光大，做到思想精深，艺术精湛，融入中国特色社会主义文化之中，是摆在当今诗坛的一个重大课题。

思想精深。古人云："诗言志""诗以意为主，文词次之，或意深义高，虽文词平易，自是奇作。世效古人平易句，而不得其意，翻成鄙野可笑。"（刘攽《中山诗话》）这里的平易，绝非平庸。强调其意深义高，也就是诗的思想性。范仲淹的"先天下之忧而忧，后天下之乐而乐"，杜甫的《三吏》、陆游的《示儿》，毛泽东的"一万年太久，只争朝夕""数风流人物还看今朝"等等。他们都是把国家民族的前途，人民的苦乐深融于心，凝练于字，尽表于诗，意远格高。当代诗词要体现正确的历史观、民族观，国家观、文化观，激励人们向上向善，弘扬时代新风。坚持以人民为中心的创作导向，呈现出无愧时代的诗词作品。

艺术精湛。坚持思想性与艺术性的统一，是一切文化产品追求的目标。说到艺术标准，众说纷纭，可以列出几条十几条。而每个人的欣赏角度评判标准也不尽相同，所以很难具体规定几条标准。然而亦有共识。一是情真。"感人心者，莫先乎情"（白居易）。"夫情能动物，故诗足以感人"（徐祯卿《谈艺录》）。诗若有情即入心，诗若无情岂感人。诗语是诗人真情的表达。二是语新。臧克家先生谈到写诗时，他主张三新，即思想新、感情新、语言新。看来语新是诗词创作的要特别重视的一条。"不学古人，法无一可。竟似古人，何处著我？""孟学孔子，孔学周公，三人文章，颇不相同"（袁枚《续诗品》）。时至当代，如果还沉迷于已不存在的古言古语就失去了感染力。翻开一本诗集，或一期诗刊，相同词汇语言比比皆是，便索然无味。语言也需要吐故纳新，要学而不同。三是意远。一首诗要有嚼头，耐得品位。达到"义生文外""言近意远"。"隐以内容丰富为工巧，秀以卓越独到为精妙"（刘勰《文心雕龙·隐秀》）。不论是吊古、咏物、览胜、言情诗，还是豪放、婉约、边塞、田园诗，都有诗人的寄托、思考、期望涵在其中。词美意远，才能感动人给人以美的享受。

习近平总书记报告中特别强调："文化是一个国家、一个民族的灵魂。文化兴国运兴，文化强民族强。没有高度的文化自信，没有文化的繁荣兴盛，就没有中华民族伟大复兴。"我们当以十九大的精神为指导，共同努力，开创诗词事业的新局面。

2018.3.19

风光无限在高峰

——写在北京诗词学会第五届会员代表大会之际

　　五月的北京，春消夏至，雨润风轻，山峦滴翠，鲜花满城。在这迷人的季节，北京诗词学会迎来了第五届会员代表大会，选举产生了新一届领导班子，为首都诗词事业的发展注入了新的活力。

　　新班子，新气象，新目标，新征程。立足高原，勇攀高峰。

　　一项事业，须要有几代人的不懈努力，艰苦奋斗，方能成功。北京诗词学会自1988年成立以来，已风风雨雨走过了30年。在有关方面的关心支持和广大诗友的共同努力下，诗词组织如雨后春笋，队伍不断壮大；会员凝聚力日益增强；诗词创作水平逐步提高；北京诗词学会的特点和品牌逐渐形成；社会影响力和社会效益更加显著。为弘扬优秀传统诗词文化，为首都文化事业的繁荣，做出了应有的贡献。首都的诗词事业，从艰难起步，奋力推动，走出低谷，到今天，已呈现出了繁荣的景象。

　　举目未来，任重道远。正如习近平指出的那样："在文艺创作方面，也存在着有数量缺质量，有'高原'缺'高峰'的现象"。如何登上诗词的高峰？是摆在我们每一个诗词爱好者面前的共同课题。要像攀登珠穆朗玛峰那样，脚踏实地，一步一个脚印地向前攀爬，永不止步。这就要靠学习，靠意志，靠积累、靠磨练。

如果说我们已经站在高原，北京诗词的高原就是我们已经形成的自己的风格和品牌。燕赵诗风、竹枝新唱、北京散曲，以及北京诗人的节日——端午诗会。这些诗风和形式，已经有了很好的基础，产生了一定的社会影响，是继续前进的一个平台。只是还需要齐力推进，精心打造，使这些品牌更精美、更知名。找准了我们攀登高峰的出发点和路径，希望就在前面。这里要说明的是，我们并不排斥其他的诗词流派、风格和形式。我们一直提倡"百花齐放，百家争鸣"，兼容并蓄。只是为了更好地发挥我们的优势，取得更好的成绩。

当然，文艺创作没有终点，精品也没有止境。"思想精深，艺术精湛"是我们追求的目标，努力的方向，前进的动力。让我们携手并进，聚力攀登，去一览那无限风光。

> 花繁五月扮京城，凤落岐山起共鸣。
> 举目诗坛当致远，风光无限在高峰。

在纪念北京诗词学会成立三十周年暨第十三届端午诗会上的致辞

今年，北京诗词学会自1988年诞生，已度过了三十年！三十年，一株玉树，年轮增加了一圈又一圈。已是枝干挺拔，绿荫蔽天。三十年，走过童年、少年、青年，已达而立之年。正是英气焕发，步伐更加稳健。三十年，说长也长，说短也短。说长，是因为道路上有那么多的沟沟坎坎。路漫漫兮，其修远。说短，总觉得有那么多的事情做也做不完。三十个春秋，犹如一瞬间。回首望，当无憾！"二为"方向，"双百"方针，我们认真实践。目标明确，前进的道路就不会偏。知古倡今，双轨并行，努力争先。继承传统，发扬光大，尊学前贤。与时俱进，敢于担当，拨动时代的琴弦。

诗词队伍，不断壮大，由几十人到数百到数千。诗词组织，如雨后春笋，遍布城乡、社区校园。培训课堂，从未间断，诸大的礼堂，总是坐的满满。听者专心致志，教者侃侃而谈。诗词创作，新人不断涌现，有多少精品力作，佳句名篇，思想与艺术的统一，可圈可点。

"风萧萧兮易水寒，壮士一去兮不复还。"燕赵诗风，慷慨壮歌，在那抗日战争的艰苦岁月，也曾响彻太行山。豪情壮志，正义凛然，家国情怀，赤诚肝胆，无私无畏，大将风范，放声高歌，气盖河山。竹枝新唱，南调北弹，起源于巴渝地区的竹枝词，如今唱响在北京的永定河边。老会长段天顺先生，大力提倡，亲自授课，广为宣传。由此，北京的竹枝词，已树立起旗帜一面。刘征先生曾赠言段老，称之为当今的竹枝仙。

　　元大都遗址的海棠溪，争芳吐艳。元曲四大家，北京有关汉卿、马致远。北京，才是今日散曲的本源。散曲创作，需要推波助澜。成立散曲研究会，开辟创作基地，张勃兴书记、郑欣淼会长莅临指导，挂牌授匾。散曲爱好者的激情，被又一次点燃。诙谐、幽默的曲调，响彻在北京的城乡山川。有耕耘，就有硕果，散曲《校园情》已和读者见面。我们高兴地看到，散曲，还在不断地扩大朋友圈。

　　端午节将至，我们更加怀念伟大的爱国诗人——屈原。由此而举办的端午诗会，至今已连续了13年。从陶然亭，到圆明园，从奥运村，到东城社区的四合院，再到国学文化的殿堂——国子监，每一次，都是诗人的狂欢。诗词征集，主题鲜明，作者广泛。评比公开、公正、公平是我们的底线。赢得了诗友的信任，收获了佳作名篇。北京端午诗会，社会影响日益扩大，媒体跟进宣传。端午诗会、燕赵诗风、竹枝新唱、北京散曲，已成为学会的四张名片。打造学会的品牌，形成自己的特色。我们还需共同努力，更新观念，使这些品牌，永远亮丽光鲜。

　　《北京诗苑》是学会的会刊，也是学会的一张脸。虽经过几次更名、改版，但推介精品、突出特色、立足北京、面向全国的宗旨，始终没有改变。她是诗词交流的平台，她是诗友的精神家园。我们倾其心力，细选精编，不管是老粗布，还是绫罗绸缎，编辑们都认真设计裁剪，只要是精品，都会收入玉砌雕栏。努力保持水准，始终站在前沿。真正做到诗友认可，群众爱看。

我们常说：理论指导实践。学会十分重视通过理论研讨，促进诗词事业的发展。青年诗人座谈会，家国情怀，京味竹枝，燕赵诗风，敞开门户，大家畅所欲言。以开放包容的胸怀，海纳百川。

编辑出版诗集，是成果的体现。为丰富中华诗词文库，选编好北京诗词卷，史海钩沉，跑了多少次图书馆，多方收集，作品成山，取舍难定，商议了多少遍。经过六年努力，我们终于完成了北京诗词的近代卷、现当代卷。首发式上，郑欣淼会长说：这是他看到的已出版的省市卷中最好的一卷。当然，我们知道，这是鞭策和嘉勉。北京卷，不仅填补了北京诗词史上的空白，也使尘封在浩瀚诗海中的诗人和佳作，浮出了地平线。学会先后编辑推出了《抗日战争诗词选》《北京百家诗词选》《竹枝新唱》《致诗友》《论诗选》《北京当代诗词创作丛书》《燕京诗韵》丛书以及众多诗友、个人诗集的出版，北京诗坛，枝繁叶茂，俨然成了一个争奇斗艳的百花园。

服务北京，服务基层，服务诗友，开展诗教，学会责任在肩。诗教六进，关系到诗词事业的繁荣和发展。我们可喜地看到，诗词已进入小学、中学、大学校园。"春风化雨"行动，在孤山口、平西府小学，已见山花烂漫。中华优秀传统诗词，已嵌刻在学子们的心间。提升企业文化，全聚德有竹枝百篇。桃源仙谷，配诗景点，已成为青少年教育基地，真正的桃花源。《民政情》，我们歌颂伟大的平凡；《心碑》，我们弘扬开国将帅的精神和风范。学会是诗友的家园。我们与基层诗词组织和广大诗友心心相连。对基层和诗友的要求，我们是立即办，尽力办，不厌其烦。因为我们知道，只有上下一心共同努力，才能撑起这片天。

在这信息的时代，我们没有犹豫，不敢怠慢，较早地开通了学会网站。给诗词插上云的翅膀，飞向祖国大地，飞向海外，飞向蓝天。我们深深地体会到，一个单位，一个组织，自身建设是关键的关键。北京诗词学会，经过几届领导班子的交接，优秀传统没有改变。老会长经常强调：我们都是为诗词走到一起的，要团结一心，无私奉献。我们都是志愿者，这声音，时刻响在耳边，记在心间。我们没有固定的经费，大家都事事处处注意节俭。一张纸，从来都是用了正面，再用反面。支部健全，制度规范，严格自律，不用着鞭。正是有上级的正确领导，有社会各界的支持帮助，有诗友的共同努力，我们才成为先进社团，四星级社团。这样的社会团体，值得自豪，值得点赞。

感叹三十年，三十年的感叹，道不尽、说不完。举目未来：让我们在习近平新时代中国特色社会主义思想的指引下，谱写那无愧于时代、无愧于人民的诗篇。真正做到思想精深，艺术精湛。让我们从高原起步，向高峰进发，去领略那风光无限。

试析《竹枝斋诗稿》中的京味

张桂兴

近几年,北京诗词学会着力竹枝词的普及、推广、提高工作。通过开展竹枝词讲座,在《北京诗苑》上开辟竹枝词专栏,汇编竹枝词集,召开专题理论研讨会,出版《竹枝文汇》文集等,使竹枝词的创作有了长足的发展,已成为北京诗词学会的一个品牌。在全国诗词界、特别是广大竹枝词爱好者中,引起了较大反响。这种局面是与段天顺先生、这位大力提倡竹枝词的带头人的努力是分不开的。为了促进竹枝词的发展,年初他又提出了"京味竹枝词"的课题。在创作实践的同时,号召大家作些理论上探讨研究,以促进竹枝词创作的繁荣。

京味竹枝词,除了竹枝词的一般特征外,关键的是要有京味。什么是京味?当我再次翻开《竹枝斋诗稿》细细品读时,从中嗅到了那浓浓的京味:即京事、京人、京腔,京景等。

一、京事

竹枝词长于记事,以诗存史。这在《竹枝斋诗稿》(以下简称诗稿)中有大量的记述北京历史事件的诗作。其中"追忆1949纪事诗"20首尤为突出。如北京和平解放，在欢迎人民解放军入城式中写道：

(一)

倾城翘首望云霓，老少欢呼夹道齐。
欲睹雄狮啥模样，美式武器厚棉衣。

(二)

百姓欢腾心气高，行军两侧涌歌潮。
兴来更有少年仔，爬上军车特自豪。

解放军入城是一个大题材、大场面。而作者截取的是解放军的武器是缴获国民党军的美式武器，着装是厚棉袄。在欢迎的百姓中，少年仔爬上军车的兴高采烈的样子，是作者敏锐目光捕捉到的一个镜头。把那个特殊年代、特别场景惟妙惟肖地呈现在读者面前。诗稿中有记述作者在八中读书时诸多小事：

窝头咸菜涮锅汤，学子莘莘体弱黄。
纵有当局施救济，只充半饱哄饥肠。

因饥饿而面黄体弱的学子，也只能用窝头咸菜和涮锅汤来哄如鼓的饥肠了。以诙谐的语言讲了一个真实的故事。作者曾在水利局工作，他对北京的水利建设和发展有深厚的感情，在诗稿中有许多记述北京水利建设的场景。当红墙内的菖蒲河在作者力谏后终于揭开了盖子，变成一

个秀丽的小公园时,他写道:

> 金桥碧水柳垂荫,闲步新河脉脉馨。
> 大道红墙咫尺近,一川清韵涤俗尘。

从中可看到作者掩饰不住内心的喜悦。北京的事,又如奥运会、天安门、金水桥咏史等等,通过这一件件的大事小事,体现了独有的北京特色。

二、京人

最能体现京味的是北京的人。身边的人、社会的人,大大小小的人物,在诗稿中有骨头有肉活灵活现,仿佛就站在你面前,大家可能都读过他参加中共北平地下党员大会中写的一首诗:

> 人群惊现父容颜,跨步流星到面前。
> 凝对移时疑是梦,泪花湿了眼睛边。

父子同是北平地下党员,且互不知晓。会上相见内心的波澜顿起,有多少文字都难能描述那一刻的心情。作者用"跨步流星""凝对""泪花"生动地描述了那生动的场面和主人翁复杂惊喜的心情。在诗稿中他写家里的人,社会的人,写奥运的金牌得主,写身边的人,写名人、也写小人物。突出展现北京小人物的作品应看他为袁一强民俗小说《皇城旧事》写的16首竹枝词。《皇城旧事》是一部反映旧京城底层社会杠业生活的长篇小说。那些小人物在作者笔下活灵活现,如老刘头:

莫道杠夫是末流，双肩抬走帝王侯。
刘头最喜津津道，皇杠亲王袁大头。

这个从事30多年杠业的人，因抬过亲王、袁世凯而津津乐道。张秃子当上了门墩，如同门口石狮子一样钉在那里，是一个很讲义气的人。

张口粗俗痞气浓，敢将侠胆付平生。
为解二香悬梁索，天下谁人不动情。

虽然粗俗一身痞子气，但也有一颗侠肝义胆解人危难的善良心肠。肖天兴是杠业行当中的精明人，不到四十岁就当二掌柜有些年头了。他与一个叫胡玉娟的女子有私情，后听说胡为了抗婚出家当尼姑了。有一天小尼姑送给肖天兴一个手绢包，打开一看有一副断成两半的手镯，正是他送给胡玉娟的。这段凄楚的故事作者写了二首竹枝词：

(一)

心计精明胆识新，纵横杠业几沉沦。
无端最是中秋月，空若佛门遗恨深。

(二)

几度中宵忆旧欢，佛门月色正清寒。
纵然玉钿温如许，破碎情根已未然。

两个小人物的悲欢离合跃然纸上，老北京社会底层的人物和生活以及私情都栩栩如生。

三、京腔

每个地方都有自己的方言俚语，发音、语调各异，称谓习惯不同。普通话虽以北京话为基础，但亦有差别。京语、京腔、京韵就构成了京味竹枝词的一大特色。

天安门金水桥咏史

翠带环流出禁城，天安门外玉桥横。
分明一面盈盈镜，鉴古凭今记废兴。

其中"盈盈镜"，是典型的北京方言。写飞人波尔特时：

飞人群出何门道？媒体纷传各有调。
小波阿爹有一说，"自幼就爱吃山药"。

"门道"即其中有奥妙、有故事、有原因的意思，北京人说到某一件事情或有疑惑时，常说这里有"门道"。"有一说"也是北京的方言，还存在别的说法，有其它的内容，要探个究竟的意思。在题我国女子体操冠军集体照时写到：

小葱小将一般齐，头上光环笼发髻。
谁信神州夺冠手，翩翩多是"90妮"。

在写全聚德烤鸭店时写到：

（一）

一架挑杆六尺长，鸭坯飞起入炉膛。
炙得香酥皮儿脆，犹带微微果木香。

（二）

不灭金炉越百年，试询诀窍几多般。
精明老总传经道："鸭好人能话儿甜"。

其中的"90妮""皮儿脆""话儿甜"都是北京的"儿"话音。儿话音在北京的言谈话语中非常普遍，故此融入到诗中，凭添了鲜明的地方色彩。

四、京景

天顺先生是一个老北京，自然对故乡山水、名胜、生活场景、城乡变化有很深的感受。因此在诗稿中有大量的描述。他从过去的老北京写到开国大典；从天安门写到长城；从密云水库写到延庆灌区；从京都第一瀑写到香山"鬼见愁"；从过去社会生活场景写到现在城乡变化以及人们的精神风貌等等，北京那点事儿，在作者的笔下，都有了灵气。开国大典：

艳阳高照彩旗飘，人气沸腾接碧霄。
一声新中国成立，泪涌天安金水桥。

十三陵水库：

> 登高临远碧粘天，万顷晴波漾翠岚。
> 猛忆郭公诗句好，"四山环水水环山"。

除此之外，北京的名胜古迹、老字号、名小吃民俗等，都成为京味的要素，构成了京城的绚丽多彩，这些在诗稿中都有生动描写。不一一赘述。

段天顺先生在《我与竹枝词》一文中，曾写到竹枝词的四个特点：一、语言流畅，通俗易懂；二、格律宽松，雅俗共赏；三、格调明快，诙谐风趣；四、广为记事，以诗存史。京味竹枝词除了具备以上四个特点之外，就是极具北京地方色彩的京味。

京味是什么有多浓，大家细读细品《竹枝斋诗稿》就有了答案。

我在纪念北京诗词学会成立20周年时曾写过一首小诗作为本文之结：

> 起笔狂飙燕赵风，放歌洋溢竹枝情。
> 若寻诗意醉人处，细品方知京味浓。

诗咏心怀家国情

在北京诗词学会成立30周年之际,学会再次推出一套诗词创作丛书,其中有《李增山文存》,包括《茶轩诗稿》和《茶轩说诗》共两集。

增山同志让我为之作序,实感难于落笔,却又不能推辞。难落笔是因为他的诗词和文章都有较深的造诣,平时常向其请教,可以说是我的老师,怎可妄加评论。不能推辞是因为我俩都当过兵,又都爱好诗词,现在正为促进诗词事业的发展,在同一战壕里摸爬滚打,不仅是诗友,更成为挚友,理不当辞。既为挚友,说深说浅,庶不计较。

赏其诗文,可概括为"三叹":一叹诗发于心;二叹文出于思;三叹成归于痴。

诗发于心。白居易在《与元九书》中说:"感人心者,莫先乎情,莫始于言,莫切乎声,莫深乎义。诗者,情根,苗言,华声,实义。"诗要感动人,就要从心底动情、发声,首先要感动自己,而后才能感动读者。增山同志在前言中写道:"没有感觉,不能把自己的情感写进去的诗,我不写,也不会写。""或许感动不了他人,但确曾感动过我自己。"确实如此。他的诗都是自己的声音,是从他的心底流出的。请读他的一首五律《回乡探老母》:

> 少年戍边去，到老始回乡。
> 望眼嫌家远，归心觉路长。
> 孤村刚入目，热泪已沾裳。
> 不等柴门进，隔墙先喊娘。

这首诗无经无典，明白如话，却感人至深。为何？就是因为他写出一个戍边军人的真实感情。回乡路上，总觉路途遥远，时间漫长。当望到小山村时，已控制不住内心的激动而热泪盈眶。到了自己家门口，不等门开，即隔墙高声喊娘。那种思乡、思亲的急切心情，从心底奔涌而出，跃然纸上。我们仿佛看到他那奔向家门的身影，听到他那发自心肺的喊声。对此，我也深有体会。1961年，正当蒋介石叫嚣反攻大陆时，我穿上了军装。五年后回乡探亲，刚走到家门口，就像增山诗中写的那样，大声喊道："娘，我回来了！"多少牵挂，多少思念，都融入到那一声呼喊之中。增山的这首诗，不仅写出了他个人的真实感情，而且触动了广大军人、游子的共同感情，故能荣获中华诗词学会颁发的第五届"华夏诗词奖"二等奖。让我们再读他的一首七绝《偕妻游张家界》：

> 张家界上李家游，万座青山两白头。
> 我看夕阳红一点，宛如老伴少时羞。

这首诗借景抒情，情景交融。"万座青山两白头"，艺术的夸张更显生活的真实。当夕照洒在老伴脸上时，恰似初恋少女羞红的脸庞。在他心中，爱人永远是青春美丽的。恰当的比喻更觉韵味的美妙。本集中，有一组歌颂"美丽劳动者"的词，写了环卫工、护林工、建筑工、采煤工、筑路工等，用真情赞美了普通劳动者这一群体，从中可体会出诗人的大众情怀。增山，真乃性情中人也。

文出于思。近几届中华诗词全国理论研讨会都有增山同志的论文入选。这些论文不仅在《中华诗词》杂志上发表，其中有的还被编入《中国诗词年鉴》《〈中华诗词〉二十年选萃》《中华诗词学会三十年论文选》。许多刊物也经常发表他的诗话、漫谈等。这些文字都有他独到的见解。特别是《浅谈诗歌的气场》一文，提法新颖，引起大家一定的关注。一般而言，理论是实践的总结、概括、升华，反过来又指导实践，成为行动的先导。就当下诗词界来看，写诗的人很多，而既能写诗又能写理论文章的人相对较少。增山同志是北京诗词学会常务副会长和会刊《北京诗苑》主编，不仅写诗词，也写理论文章。用他自己的话说："具备一定的诗词鉴赏能力和诗词理论，不仅是提高诗词创作水平的需要，也是做一个合格编辑的需要。"他把学习研究诗词理论作为提高诗词创作水平和编辑工作水平之必需，体现了他的高度责任感和更高的追求。分析《说诗》文集的内容，大体可分为四类：一是结合诗词创作风格进行理论探讨和研究，如《时代需要燕赵诗风》《浅尝京味竹枝词》等。燕赵诗风和京味竹枝词是北京诗词学会提倡的两种创作风格，如何弘扬需要理论的指导。增山同志提出了自己的观点，与大家共同讨论，促进了京派诗风的逐步形成。二是从诗词创作题材上进行引导，如《诗人的家国情怀》《诗词要唱响时代主旋律》等。号召广大诗友既要注意诗词题材的广泛性，更要发挥正能量，做一个热爱祖国、热爱人民、有理想、有抱负、敢担当的诗人，以饱满深厚的家国情怀，理直气壮地讴歌伟大的时代、伟大的事业、伟大的人民。三是进行诗词创作经验、体会的总结升华，如《我写汉俳十法》《重字妙用出好诗》，以及大量的诗话、漫谈等，点点滴滴无不透出增山同志孜孜以求的钻研精神。四是进行鉴赏与点评，给读者以启发。还为诗友习作进行评改，不论是长篇还是絮语，无不透出增山同志苦苦于思的求真精神和甘为人梯的奉献精神。大家知道，处在一样的环境，从事一样的工作，看到一样的事物，能够悟出自己观点和思想的人，一定是善于动脑、勤于思考的人。欲写好诗就得付出大量的心思，写好诗论就更需付出几倍的心思。正如他在诗中所言："抉妙探幽人静时，寒窗只影有灯知。"从中可以清晰地看到他那辛勤的付出，这不得不让我们油然而生钦佩之情。

　　成归于痴。古人云"有志者，事竟成。"小到学习、工作、个人事业，大到江山社稷、民族兴旺，皆在矢志不移。有理想、有目标、持之以恒，就能到达海洋的彼岸。陈景润凭着对1+2的一片痴情，破解了哥德巴赫猜想，登上数学研究的高峰。"两弹一星"元勋们凭着对国防科技的一片痴情，成就了我国的国防现代化，增强了军威、国威。凡事到了痴迷的程度，定可出彩。增山同志的成绩正在于他对诗词的一片痴情，这从其诗文中完全可以看出。他写过一首散曲《[正宫]叨叨令·痴心追梦》，曾念给我听："天天做着诗人梦，苦思落下失眠症。翻身碰碎床头镜，口中还念叨叨令。妻疼我的身也么哥，劝吃维他命也么哥，反嗔归了吟哦兴。"他因病手术后还未完全清醒，开口说的第一句话是"给你们念一首我在海南作的诗"，足见诗词在其生活乃至生命中的地位。他写自己："文章难解偏还解，不是疯狂便是痴。"正是他对诗词达到了痴狂的程度，才获得了今天的丰硕成果。

序言至此，兴犹未尽，并缀以小诗：

戎装脱下作书生，一样心怀家国情。
敢为诗吟身已许，笔耕夜夜到三更。

2017年8月，于北京

诗词入史 应有之义

关于传统格律诗词是否应写入现代文学史的问题讨论已久。尤其近几年来，各种意见，众说纷云，归纳起来无非两种意见：一是格律诗词应当写入现代文学史；另一种意见则表示反对。2017年11月14日，人民日报曾刊登一篇文章，题目是："现当代文学史不应无视旧体诗词"。我同意这种观点，我认为诗词入史，是应有之义。本文将从三个方面加以论述。

一、客观存在，是入史的重要依据。

什么是史？史是记载过去的事情。文学史自然是记录有关过去文学的事实。文学史，在先秦时，包括了哲学、历史、文学等，统称文学。现代文学则专指用语言营造形象，以反映社会生活，表达作者思想感情的艺术。格律诗词的格律美、韵律美、语言精练，正是这样的一门文学艺术形式。这一点可能无人可否定。问题出在近百年来，特别是现当代的格律诗词，是否足以写入文学史。

辩证唯物主义核心是实事求是，客观存在决定主观意识。那么，近百年来传统格律诗词是否存在，我想多数人的回答应当是肯定的。（不排除少数人视而不见。）"五四"运动，催生了新文化运动，白话文，新诗迅速兴起，成了文学的主流。由此，在相当一段时间里，格律诗词走入低谷。但低谷并非没有，并非不存在，只是量的问题。就是积极提倡新文化运动的胡适、鲁迅，以及许多现代作家郭沫若、茅盾、郁达夫等，都创作出了许多传统的格律诗词。到现、当代一些革命领袖毛泽东、朱德、董必武、陈毅、叶剑英等等都创作了大量的极具影响力的传统格律诗词。尤其是毛泽东诗词其思想性、艺术性、感染力，可以说树立了新的高峰，影响了几代人。这个客观存在难道可以视而不见吗？事实上，在社会上还有一大批学者、官员、社会人士以及一些有文化的人民群众，也还在写格律诗词。这一点从北京诗词学会编选的《中华诗词文库（北京近代卷、现当代卷）》中可以得到印证。从清末到民国时期，再到新中国成立以后，都有大量的格律诗词作品。尽管我们选编中存在局限性，但从中可以看到许多精品力作。北京如此，其他省、市、自治区的卷本中也会得到印证。可以说，格律诗词的创作和传播从未间断，只是由于历史的原因，在主流媒体很少见到而已。因此有人发文写道：把现代人写的古典诗词写进现代文学史，也只能写到上世纪中叶登上文坛的那一代，再往后你想写也写不成，再想为古典诗词争取平等地位，也无能为力了。这不是展现古典诗词这一形式在中国现代文学史上的死亡又是什么呢？又说：古典诗词在唐宋时期达到辉煌的高峰，作为一种文体，它的退出当下文学视野是一个历史的选择……我之所以引述这么长的一段文字，是想告诉大家，当前仍有一部分人极力阻挠传统格律诗词入史。这些人枉顾事实，主观臆断，自持权威、态度傲慢。这些人如果不是因缺乏深入的调查研究，缺少辩证思维而得出的不符合实际的结论，但起码是一种偏见。事物的发展有它自己的规律，不以某些个人的意志为转移，不管你愿意不愿意，客观存在是谁也改变不了的，并将告诉人们一切。

二、反映现实生活，是入史的基本要素。

反对格律诗词入史的一个主要观点是：旧体诗词缺少现代性，并以此作为立论基础。现代性是西方随着现代化发展而产生的一种文化概念，它主张个性解放，呼唤人文主义，对旧制度的批判等等，是一个历史过程。本人对现代性没有深入的研究，也不想对西方的概念进行过多的详说。但想指出时至当代，中国文化的现代性是什么呢？除了上述的基本主张，笔者认为，还应包括时代性，即现实社会的种种特征和现象。经济发展，科技进步、社会生活、人文精神，生态环境乃至社会矛盾，社会弊端等等，都是文艺创作应当关注的。抛开现实说现代性，现代性就成了抽象的概念，就成了空中楼阁。

习近平同志指出："古今中外，文艺无不遵循这样一条规律：因时而兴，乘势而度，随时代而行，与时代同频共振。"他还指出："历史变化如此深刻，社会进步如此巨大，人们的精神世界如此活跃，为文化发展提供了无尽的矿藏。"笔者认为紧跟时代，深入生活，创作出无愧于时代、无愧于人民的优秀作品，就是当代文化现代性的核心内容和生动体现。

翻开近代以来的诗词作品，无不打上那个时代的烙印。鲁迅的"横眉冷对千夫指，俯首甘为孺子牛"，郁达夫在中秋口号中写到："圆缺竟何关世事，江流不断咽悲声。"，毛泽东的从"问苍茫大地，谁主沉浮"，到"红军不怕远征难,万水千山只等闲","春风杨柳万千条,六亿神州尽舜尧",等等,那一首不是时代的强音。当代"三友诗派"的代表人物臧克家先生在谈到毛泽东诗词时曾说:毛泽东的诗有"三新",一是思想新,二是感情新,三是语言新。这"三新"不就是现代性吗?还有当代诗家名宿刘征先生,他也是"三友"诗派之一。他的大量诗词,不仅有对时代和英模人物的歌颂,更有对社会弊端的讽刺、鞭挞和批判,彰显了诗人个性的解放和对社会的责任感。

就当代各地诗词作品的内容来看,更是深深地打了时代的印迹,《天安门诗抄》就是最好例证。如今反映祖国繁荣昌盛,歌颂祖国大好河山的作品,反映科技进步的航天精神,反映练兵强军的爱国精神,反映经济外交的一带一路,反映普通劳动者农民工的奉献精神等等,诗人从不同的视角表达了自己的情感。有的诗词刊物开辟"刺玫瑰""啄木鸟"等专栏,来揭露和贬斥社会上的不正之风和丑恶现象,充分体现了当代诗人的时代担当精神。

文学艺术,作为精神产品,是以物质为基础的。经济基础决定上层建筑。任何思想、观点、理论、学说的产生,都是当时社会经济的客观反应。离开了物质社会基础,就变成了虚无缥缈的东西。今天我们说现代性,是以当下的社会形态和物质基础为基础的,今天我们已进入习近平中国特色社会主义的新时代,其现状与西方现代化时提出的现代性,有本质上的区别。用西方的所谓现代性,来否定格律诗词写入中国现代文学史的正当性,就成了一个伪命题。如果说有些格律诗词作品,作者为了张扬个性，脱离了实际，脱离了群众，格调不高，孤芳自赏，那么新诗和一些其他文学作品亦不在少数。但这些作品并非文学的主流。

因此，以现代性立论，将格律诗词拒之门外是站不住脚的。笔者认为，传统的格律诗词，从古到今，其主流都是充满了家国情怀，倾注了诗人的个人情感，具有时代感和人民性。

三、发展现状和趋势，是入史的必然选择。

格律诗词的现状是什么？是继承传统、走出低谷，蓬勃发展，日益繁荣的局面。前边已讲过，既是格律诗词在低谷时，传统也在延续，创作也未间断。自80年代初开始，各地诗词组织如雨后春笋迅速发展起来。从省、市、自治区，到区、县，再到乡镇、社区；从学校到机关、企、事业单位，从正式注册登记的诗词社团，到部分诗词爱好者自发组织的诗社，几乎遍及全国各个角落。从公开发行的诗词报刊，到提供内部交流的会刊，以及自媒体，手机中的微刊公众号，难以计数。诗词队伍仅中华诗词学会的会员就有几万人，加上各地各级诗词组织的会员，有人保守估计有一二百万人。特别是中央电视台开播《中国诗词大会》以后，形成了古典诗词热，在全社会和广大青少年中引起了巨大反响。读诗、咏诗、学诗、写诗的人越来越多。诗的国度，又一次成为现实。

初期的诗词组织，多数是为弘扬传统诗词文化，自发组织起来的，并逐步经过注册登记成为了正式的诗词组织。那时的诗词组织大多处于没有活动场地，没有经费来源，没有部门支持的"三无"状态。正是有一大批甘愿为弘扬传统诗词作奉献的诗词爱好者，经过坚持不懈的努力，并逐步得到了党和政府以及有关部门重视，支持，才呈现出现在的大好局面。习近平同志不仅在讲话中经常引用诗词名句，还发表了自己创作的诗词。中办、国办联合发文中，都对诗词事业的发展提出了明确要求。每年的春节，清明，端午，中秋等节日，各级，各地举办的诗会，扩大了诗词的影响力，也成为广大诗词爱好者的盛会和展示平台，为格律诗词的发展提供支持和动力。应当说，现在的诗词环境，与上世纪80年代初相比，已好了许多。诗词创作的水平日益提高，成果日益丰硕，出版的诗集难以统计。罗列上述事实，只是为了证明，格律诗词已成为当今中国文化的重要组成部分，其未来发展趋势会更好。这就是传统格律诗词的强大生命力，过去未被消灭，一万年以后，也不会被消灭。

传统格律诗词会随着社会经济的发展，与时代同步，与人民同行，绽发出更加绚丽的光芒。入史将顺理成章，成为必然。

此文，是笔者对格律诗词入现代文学史的一点认识，欢迎指正。谢谢。

2019年5月

诗出心声情自浓

甲午年夏，北京诗词学会召开了一次团体会员和联系的诗词组织负责人会议。贯彻中央宣传部关于切实抓好纪念中国共产党成立93周年和"勿忘国耻，圆梦中华"系列宣传教育活动精神，安排下半年的工作。会后，轶轩诗社的副社长兼秘书长吴进会同志，送我一本他即将付梓的《子起诗词选》，并希望我为之作序。

北京诗词学会的团体会员单位和联系的诗词组织有46个，分布于在京的中央、部队、区、县、社区等单位和地区。各诗词组织的负责同志都是学会的骨干力量。他们有诗集出版，我很高兴。一是可以反映北京诗词发展的成果，二是有利于传统诗词的弘扬。

细读子起诗选，感到这本集子的突出特点是：情真、语新、气正。是作者心声的诗化。

首先是情真。真情是诗的魂。白居易云："感人心者，莫先乎情。"一首诗不论是叙事、咏物，还是答赠酬唱，总是作者情感的表达。诗中有情，才有感染力。作者曾在北京军区服役，后部队送派干部支援内蒙古生产建设兵团，即转至内蒙古乌拉特中旗同合泰农场，和生产建设兵团的知青们共同奋斗七年。这七年，作者和建设兵团以及知青们结下了深深的情意。这本诗集中，我粗粗数了一

下,有近30首诗是写这段经历和几十年后再相聚情形的。他在"寄宿同合泰牧场"中写道:

> 乌拉山坳草如坪,寄宿同合听牧声。
> 羊圈牛棚独一舍,烛光伴我到天明。

读后给人一种身临其境之感。也生动地反映了生产建设兵团组建之初艰苦的环境。环境虽艰苦,但作者表达的是一种乐观的生活态度。又如"四面环山不见山,茫茫草海入云端","军垦戍边安域界,围屯入塞建营盘","牧海东南蒲苇间,沙风狂叫卷狼烟","塞外草原迎早霞。一日婚期,半夜征骅。""天知地考好儿女,屯垦戍边不畏难",等等,都是当时环境和情感的生动写照。作者的情真还表现在他对一起奋斗过的知青和战友们的祝福和眷恋中。当那些曾经是"戍边军垦牧羊头"的知青们,走入高等学府时,他送去的是"清华圆梦今拾笔,奋发攻读报国忧"的真诚祝愿和期望。当下,有过"知青"和"兵团"经历的人,尤其怀念那一段不平凡的经历和情感,时有组团回访或互邀相聚。这可能是常人难以感受到的。作者不少篇什是记述几十年后再到同合泰、牧羊城以及在京、津相聚场面的。"史页翻到风雨过,江河叙旧话征程","客颜未改昔时色,风雨流年情满怀","屯垦诸才今日见,戍边有义感情真"。这些诗看似平淡无奇,但情真意切。从中可以看到他们再见时心中涌动的波澜。诗为情真而动人。

其次是语新。当代诗词最突出的特征是反映现实。

书写当代的人，当代的事，当代人的情感，使用当代的语言。也就是在继承传统诗词一切特征的同时，要与时俱进。正像臧克家诗翁提倡的那样，要"感情新、思想新、语言新"。

当翻开《子起诗词选》时，我一下子被其中的新鲜语言所吸引。且看他写的一首《种瓜人》：

爷爷种瓜盖坯房，爸爸种瓜娶俺娘。
我乘东风种瓜去，科技兴农奔小康。

这首诗，生动地反映了三代种瓜人的命运，体现了社会的进步，寄予了作者对美好未来的期望。语言朴实无华清新而流畅。又如《一剪梅·军垦感赋》后半阕中写到："都市知青插队娃，牧马扬鞭，戈壁安家。梳理桑麻。脚下生根，心上开花"。"都市知青插队娃"，是那个特定年代特有的称谓，一下子把人们带到了成千上万知识青年到农村去的场景，今日仍历历在目。而"脚下生根，心上开花"，则展示出知青们扎根农村，改变农村面貌的决心。在艰苦磨砺中，其思想人格也得到了升华。对一些人来讲，可能是一段不堪回首难以忘怀的经历，但作者表现出的是一种乐观、积极向上的生活态度。还有如"叶放花黄结嫩果，中秋月下喜尝瓜"，"紫燕归来寻旧地，奈何不见老房东"，"春光春景春和熙，春唱春歌春雨中"等等，读来使人耳目一新。

时代在前进，社会在发展。新的语言词汇层出不穷。如何将新语新词入诗，使当代诗词更有时代感，更宜于走向大众，应是我们这一代诗人词家值得重视和实践的一个课题。

　　第三气正。诗词，包括任何文学艺术作品，都具有社会属性。也就是社会功能。一件美好的艺术品，可以使人赏心悦目，给人们以美的享受。诗词不论是咏物还是抒情，婉约或豪放，歌颂与针砭，均有其自身的价值取向。我们提倡的应是给人以积极向上的正能量的精神食粮。

　　进会同志的诗词，彰显出一种正气。他歌颂英雄，赞美奉献，砭斥丑恶。请看他的《卜算子·赠武警巡逻战士》："臂挂警徽红，街上风吹袖。冬夏炎凉谁可知？情暖人间走。布网漫天罗，多是擒魔手。待等华灯初吻时，北斗留身后"。作者对武警战士不分酷暑严冬日夜在街上巡逻，保卫一方平安充满敬意。他对家乡的爱和赞美亦有多首诗作，从大兴有名的西瓜节、梨花节，到高速路通车，以及人们生活的变化等等，都是作者感以自豪的，如《忆江南·黄村好》三首，其中一首写道：黄村好，大厦按云天。日暖风和春满户，草坪树绿遇花仙。醉指赛江南。而对社会不正之风，特别是百姓反映强烈的贪腐现象，则给与痛斥。"展板清晰瞩目，警钟耳畔又鸣。自古贪私名败裂，身入泥潭陷阱中。方知法不容。"作者的爱与恨，融入诗词的字里行间。就是在生产建设兵团那段艰苦的日子里，也看不到抱怨和消沉，仍是乐观积极向上的精神，这在前面已有叙述，不再多言。

　　总之，气正是这本集子的突出特点。写到这里，我为进会同志热爱诗词，并孜孜以求的精神所感动。同时也正象作者在自序中说的那样，还要"不间断地学习、学习、

再学习",进一步提高创作水平。不尽之意,以诗相赠:

诗心不老任遨游,咬定青山放远眸。
神往天边云水处,挥毫泼墨写春秋。

序 言

《中华诗词文库·北京诗词卷》，继《近代卷》出版后，《现当代卷》（上卷、下卷）又和读者见面了。这是一项重要的文化工程。自2009年，中华诗词学会发出编写中华诗词文库·分省诗词卷的通知至今，历时近6年时间，北京诗词学会经过不懈的努力，终于完成了这项填补历史空白的诗词编选任务。这是北京文化建设的组成部分，是诗词文化建设的又一丰硕成果。为了做好这项工作，2009年学会就成立了以老会长段天顺同志为主任的编委会。北京诗词学会经过多次研究，结合北京的特殊历史地位，政治文化古都，当今的政治文化中心，诗词文化底蕴丰厚，写诗的人士较多等特点，决定分近、现、当代三卷编选。近代卷出版后，在编选现、当代卷时，就遇到了不好划分的问题。不论是从出生年月，还是从诗词创作发表的时间，以及诗词所产生影响等方面考虑，都不便确定是划入现代还是当代。特别是一些在诗词发展中产生重大影响或是开国领袖的诗人，如柳亚子、郭沫若、毛泽东、周恩来、朱德、陈毅、董必武等等，都很难区分。对此，学会经过多次反复的讨论研究，最终决定将现、当代合编为一卷，分上、下两卷。这样较好地解决了这一矛盾，使之更符合实际。

　　1919年"五四"运动以后，新文化运动使白话文兴起，传统的旧体诗词受到极大的冲击。时至今日，主流媒体鲜有传统诗词的发表。从"五四"运动到1949年新中国成立，虽然只有短短的30年，但中国历史上却是社会动荡、硝烟弥漫、波澜壮阔的年代。这样的社会现实更能激发诗人的情怀和感叹。因此，在这一时期，传统诗词虽受冷落，但仍有很多民主、爱国志士、文化名人创作了大量的诗词作品。他们悲愤、呐喊，关注社会，关注民生，呼唤民主，抒怀壮志，向往新生。毛泽东同志"谁主沉浮"的发问，尤震于耳，应是那个时代诗人们的追求。现代，时间虽短，诗亦有声。

　　新中国成立后，传统的旧体诗词仍是一片沉寂。这期间在民间虽有传播和创作，但不成气候。直到二十世纪九十年代，改革开放以后，全国各地相继成立了诗词组织，传统诗词又开始逐步走向繁荣。这正应了毛泽东同志的那句论断：格律诗词一万年也打不到。北京作为首都，作为全国的政治文化中心，诗词自然也不例外。中华诗词学会已成为团结带领全国诗词组织和诗人扬帆远航的旗舰。《中华诗词》《北京诗苑》《诗国》《诗词之友》《子曰》等在全国有影响的诗刊都在北京。北京诗词学会已有2000多名会员，团体会员和联系的诗词组织已达46个。各部委、大专院校、驻京部队以及城乡、社区的诗词组织，更是聚集了一大批诗词爱好者。诗词讲座、培训、吟诵、创作活动蓬勃开展。北京诗词已见繁荣。这为当代诗词的选编提供了有利条件和坚实的基础。在选编当代卷的过程中除了遵循可入选北京卷的基本条件外,我们还确定了以下几条原则:一是诗词的质量,力求选精品。二是有影响的名人作品。三是当前活跃于诗坛的诗人作品。四是反映重大事件、时代特征的作品。尽管我们做了大量艰苦细致的搜集、遴选、甄别工作,但难免会有错漏的遗憾。

"野火烧不尽,春风吹又生"。进入二十一世纪,我国经济发展,社会稳定,人民生活逐渐富裕,社会主义文化日益繁荣。特别是以习近平同志为总书记的党中央,积极倡导优秀传统文化,犹如春风吹来,给传统诗词的发展注入了生机。我们有理由相信,明天,诗词的百花园将更加绚丽。

二〇一四年八月十日

旧题在壁几行绿 今赏存诗万缕霞

——《南海子古诗选》序

2014年初秋的一天，北京诗词学会顾问、原北京晚报副总编李凤祥先生电话中说：大兴区御园诗社、和义诗社的几位诗友，收集整理出一本历史上描写南海子的诗集，希望我为之作序。并说是几位编者托他约我的。开始有些犹豫。南海子虽然去过两次，但了解甚少。只因老友相托，也就应承下来。

几日后，御苑、和义诗社的王绍明、陈长兴等几位同志便送来了《南海子古诗选》书稿。并同时送来了张友才同志编著的《南海子史话》《南海子探幽》以及今日南海子公园的介绍等资料。要读懂《南海子古诗选》就要深入了解南海子。因此，我没有马上动笔，而是认真看了一些有关资料。从而对这本古诗选有了些更深的感受。

（一）

南海子，从字面上就可看出是在北京城的南面。是相对紫禁城北面的积水潭后海一带而言的。"海子"，由于水面宽阔象海一样而得名。也称"泡子"，也就是今天我们所说的"湿地"。南海子形成于辽、金时代。而"南海子"的正式得名始于明永乐十二年（1414）。据《明一统志》记载："南海子在京南二十里，旧为下马飞放泊，内有晾鹰台。永乐十二年增扩其地，周围一万八千六百丈。

中有海子三，以禁城北有海子，故别名南海子。"由于明代的扩建，修筑围墙，南海子就成为城南的一座风光绮丽的皇家园囿。明英宗把"南囿秋风"钦定为"燕京十景"之一，与"芦沟晓月""居庸叠翠""西山晴雪"等齐名。正如明代张居正《游南子》中写到：

> 芳郊秘苑五云中，犹识先皇御宿宫。
> 碧树依微含雨露，朱甍窈窕郁烟虹。
> 空山相见朱旗绕，阙道虚疑玉辇通。
> 此日从臣俱寂寞，上林谁复叹才雄。

南海子的鼎盛时期在清代。从顺治到康熙、乾隆，凭借盛世财丰，几代皇帝对南海子进行了大规模的修建。举目间，水泊澄碧，草木葱茏，亭台巧布，雅殿翠宫，寺院幽静，五门融通，尽显皇家苑囿之派。

请看康熙皇帝《海子北红门秋雨后行围戏作》：

> 昼漏稀闻紫陌长，霏霏细雨过南庄。
> 云飞御苑秋花湿，风到红门野草香。
> 玉辇遥临平甸阔，羽旗近傍远林扬。
> 初晴少顷布围猎，好趁清凉跃骕骦。

将南海子如一幅多彩的画卷展现在读者眼前。

（二）

南海子作为皇家苑囿，有其特殊的功能。主要是围猎、巡幸、农耕、校武等。这从《南海子古诗选》中可以得到印证。

围猎。南海子曾是元、明、清的御猎场。史料记载南海子建有十六座围台,"围台以观鸟兽"。其中"晾鹰台"最为有名,是元、明、清三代帝王在南海子围猎的重要场所。明·魏之琇《题晾鹰台》云:

晾鹰台回接沤汀,民乐咸歌围台灵。
七十二桥虹影渡,骑郎争放海东青。

海东青为一种猛禽。训鹰时要几天几夜不让它睡觉,称"熬鹰",以磨掉它的野性。训服后可以捕获诸如天鹅、大雁等飞禽。围猎在不同的季节,有不同的称谓,分别为春蒐、夏苗、秋狝、冬狩。

康熙在《南苑行围》中写到:

苑中闲教阵,无事静论边。
不废时苗典,思周天下先。

雍正曾生动地描写了围猎的场景:

五校雕工劲,三秋野兽肥。
乘时讲武事,大狝振兵威。
狡兔宁藏迹,封熊悉入围。
猎归数军实,落日照龙旗。

围猎既是一种游幸爱好,也是一种健身强体的活动,还是一种比武励兵的赛事。帝王们对此乐此不疲。

巡幸。巡视、巡察，幸临之地也。明、清两代的帝王们都多次巡幸南海子。在康熙执政的六十一年当中，在南苑举行的围猎、演阅活动多达一百三十余次。乾隆在南海子留下的诗作据不完全统计近三百首，可见其对南海子情有独钟。明成祖时的工部尚书杨荣在《随驾幸南海子》的诗中写到：

> 天开形势壮都城，凤翥龙蟠拱帝京。
> 万古山河钟王气，九霄日月焕文明。
> 祥光掩映浮金殿，瑞霭萦回绕翠旌。
> 圣主经营基业远，千秋万岁颂升平。

雍正在因命远讨前巡幸南海子时，大发感慨。怀想过去侍奉皇考，曾巡幸此地，音容笑貌就在眼前。而龙驭杳然，邈不可攀。俯仰徘徊，爰成一律云：

> 花开野店不知名，接辔依然辇路平。
> 细草当时随驻跸，垂杨此日绕行营。
> 河山满目音容邈，风景关心岁月更。
> 禁旅多年蒙教养，畀予勘定作干城。

乾隆则在《海子行》中写到，"少时习猎岁岁来，猎余亦复摅吟裁。五十年忽若一瞥，电光石火诚迅哉"。

校武。《南海子古诗选》中有许多篇章是描写演武、检阅场面的。"露台吹角九天闻，射猎黄山散马群。练甲晓悬千镜日，翠骑晴转一鞭云。"（明、清吴伟业《恭纪行授阅武》）。雍正在《己夏南甸大阅》中云：

> 陈师鞠旅卜良朝，万里鎚糧备已饶。
> 习战自能闲纪律，临戎惟在戒矜骄。
> 剑莹鹏鹏清光闪，旗绕龙蛇赤羽飘。
> 听彻前锋歌六月，云台合待姓名标。

清代十分重视习武阅兵。据记载，圣祖康熙仅在南海子举行的大阅兵就有十二次。到乾隆时期，更是把校武阅典推到巅峰，彰显其威武、隆重、壮观之势。受阅的黄、红、蓝、白旗将士军容严整，列阵有序。共三十六营，每营宽二十四丈，纵四十丈。操列十式分类进行。战旗猎猎，号角震天，一眼望不到头。乾隆为了记录这一盛典，命宫廷十余位画师，绘制了长达十五米的《高宗大阅图》。现存于故宫博物院的《乾隆大阅铠甲骑马像》就是当时宫廷画师意大利人郎士宁所绘。该像曾挂在新衙门行宫后殿，当时乾隆四十七岁。后来乾隆七十一岁时又来到该行宫观看其像，感慨万分。在《新衙门行宫杂咏书怀》中写到：

> 大阅戊寅画像斯，据鞍英俊俨须眉。
> 而今下马入斋者，白发相看疑是谁。

后来，南海子逐渐成为清政府的军事重地，设神机营精锐部队驻扎在这里。

农耕。南海子由于地阔水丰，为农耕提供了有力条件。早在明代就开始了农耕生产，种粮、放牧、养殖、果蔬均有经营。明末清初诗人吴伟业在《海户谣》中就有

"葡萄满摘倾筠笼，苹果新尝捧玉盘"的诗句。到了清代农耕有了进一步发展。据《大清会典》记载：内有"粮庄五所，共地九十顷有奇；果园五所，其地十六顷有奇；瓜园二所，共地十七顷有奇"。之后，又开水田种稻。特别到晚清时，经济衰败，慈禧太后下旨成立"南苑督办垦务局"，并从河北、山东等地招来许多穷苦农民，从事农耕，而逐渐形成村落。乾隆诗中多首写到农家、农村、农耕，"川傍垦稻田，更赖资稼务"，"田舍红门外，挥鞭日影斜。绕村流曲水，压架剩秋瓜。"他在《南红门郊外即事》中写到：

爱观富有千村景，两字探原食与衣。
收获才完仍播麦，田家四季总勤劳。

一次他在一农户家吃用榆钱和玉米面做的饼子，就写了一首
《膳榆钱饼》：

汤官十字不须夸，榆英登盘脆熨牙。
未必九珍输此味，要持风物识农家。

从以上诗中可以体会当时南海子中的农事。

（三）

《南海子古诗选》读罢，给我一个深刻印象，都是官宦诗。由于南海子是皇家苑囿，不许一般老百姓进入，文

人墨客也少有涉足，所以没有留下作品。要说知名的诗人词家，也有两位。一是明珠之子、一等侍卫、著名词人纳兰性德。他留有《南苑杂咏》二十首，《南海子》三首；二是大学士纪晓岚留诗五首，也都是随驾观大阅时写的。如：纳兰性德写道："离宫近绕绿萍洲，沐薴银床到处幽。好是万几清暇日，亲持玉勒奉宸游"。纪晓岚在《观南苑大阅》中写到：

　　东郊南苑路回环，蕃使行随十二闲。
　　九奏声中瞻御幄，万年觞侧侍天颜。
　　独龙烛跃云霄外，火树花开指顾间。
　　真是沧溟观日出，六鳌顶上驾三山。

　　除了以上与南海子功能有关的诗作以外，也有不少是题咏行宫、寺庙，描写水泊、花鸟，观景述怀的即兴之作。尤以乾隆最多，不再赘述。

　　翻阅《南海子古诗选》，就如读南海子的兴衰史。随着清政府的没落，光绪二十六年（1900），八国联军侵入北京，南海子遭到了空前的洗劫。行宫寺庙被焚毁，鸟兽被射杀，就连最后一群麋鹿也被掠走。这座有六百余年历史的皇家苑囿日益萧条荒芜。描写南海子的诗词也难以寻见。

　　《南海子古诗选》的问世，是值得赞许的一件事。收集整理这些古诗词，不仅要付出艰苦的劳动，更要有一份责任和热心。随之我想到，北京是一个有悠久历史的文化古都，有许多名胜古迹，如圆明园、颐和园、香山、八达岭、芦沟桥、国子监等等，都会有大量的历史诗篇，需要我们去挖掘整理，以填补首都文化的空白，这是一件非常必要和有意义的工作。希望当地的诗词组织和有识的诗词人，为此付出努力。此为题外话。

时至今日，南海子公园重建，并有不少当代诗词爱好者为此写诗作赋。我们期待着不久有今日南海子的诗选问世。最后，以一首读《南海子古诗选》随想作结。

    皇家苑囿五门开，几代帝王巡幸来。
    四季放飞南海子，八旗演武晾鹰台。
    风云变幻仰天叹，诗赋吟哦动地哀。
    六百春秋成往事，新园万众畅情怀。

2014年12月

坦赞倾情唱竹枝

一次去北京东城区参加诗词活动，结识了万大林先生。交谈中得知他在铁道部第三铁路勘测设计院做翻译时，曾参加援助坦桑尼亚至赞比亚铁路的建设。他说写了部分竹枝词，想通过竹枝词记述那段难忘的历程。转眼两年多过去了，他送来了 3000 行竹枝词作品，准备出版，请我作序。当时粗略翻看，字里行间充满了对坦赞铁路的那份自豪和情意。正如他写到的"诗情发酵五十年"，几十年的情结挥之不去，不唱不快。我感到这是一部有史料价值的诗作，也就答应为此写几句感想。

竹枝词作为一种诗体，起源于古代的巴蜀之地，由民歌演变而来。刘禹锡那首"杨柳青青江水平，闻郎江上唱歌声。东边日出西边雨，道是无晴却有晴。"传遍大江南北。最初，竹枝词主要是在沿长江一带，如四川、江西、浙江、湖南、湖北等地传播，随着移民迁徙、商品交流广泛流传。如"豫楚滇黔粤陕川，山眠水宿动经年。总因地窄民贫甚，安土虽知不重迁"，是说江西地少人多，四处迁徙。"大姨嫁陕二姨苏，大嫂江西二嫂湖，戚友初逢问原籍，现无十世老成都"，成都一家人联姻四方，可谓五湖四海。真是"吾处土音听不得，一乡风俗最难齐。"山西、陕西人会经商，"放账三分利逼催，老西老陕气如雷。城乡字号盈千万，日见佗银向北回。"形象地描写了山、陕两省人南下经商和会经商的景象。以上这些竹枝词，都说明这一诗体是随着社会变革、经济发展、特别是人口流动而出现的文化现象。

到了明清时期，北京的竹枝词迅速发展。明代浙江宁波诗人张得中，在一首《北京水路歌》中写道："所经之处三十六，所历之程两月矣。共经水闸七十二，约程三千七百里。"可见，京杭大运河不仅载来了满船的稻米、丝绸、瓷器等商品，也载来了满船的竹枝词和江南文化。现在留存下来的清代竹枝词，如《都门纪变百咏》（复侬氏等，见《清代北京竹枝词（十三种）》），数量之大、品类之多，真可谓五彩纷呈，琳琅满目。

至现当代，北京的竹枝词创作，不仅延续而且得到了很大发展。特别是近 30 年来，在北京诗词学会老会长段天顺先生的积极倡导和大力推动下，北京的竹枝词创作逐步繁荣。段先生不仅自己身体力行，创作了大量的竹枝词，还著文立说，授课普及。他关于竹枝词的论述，承古启今，对当代竹枝词作者产生了很大影响。他将竹枝词的特点概括为：语言流畅，通俗易懂；不拘格律，束缚较少；诗风明快，诙谐风趣；广为纪事，以诗存史。他最早的《燕水竹枝词选》专集面世于二十世纪八十年代。2016 年，他将全部诗文三卷本定名为《竹枝斋文存》。《中华诗词》选登他记述北平和平解放的竹枝系列受到广大诗友的好评。在段先生的大力倡导下，北京诗词学会会刊《北京诗苑》开辟并一直坚持设立竹枝词专栏。学会召开了多次专题研讨会，编辑出版了涵盖全国各地诗人创作的当代竹枝词作品的《竹枝词新唱》，在诗词界产生了广泛的影响。中华诗词学会顾问、北京诗词学会名誉会长杨金亭先生在序言中说："这个专栏，佳作荟萃，影响日深。事实上已形成了一个具有全国范围的刊登竹枝词创作的中心园地。已基本上囊括了当下竹枝词的精品佳作。"之后又有洪雪仁、白钢二位作者的《北京生活竹枝词》出版，及《北京老字号竹枝词》《全聚德竹枝词》等出版，竹枝词已成为北京诗词学会的一个品牌。

北京诗词队伍中有一大批竹枝词爱好者，万大林先生就是其一。因此，当我看这本描写中国援助坦赞铁路的竹枝词集后十分高兴。这为竹枝词文库又增加了一个亮点。

亮点之一：中非友谊，大国情怀。先看几首竹枝词。毛泽东主席会见尼雷尔总统：

高瞻远瞩览苍穹，力挺非洲众弟兄。
坦赞急需通铁路，无私援助志帮穷。

卡翁达总统称颂全天候朋友：

四处求援付水流，虚辞推诿早听够。
遍寻挚友来中国，友谊喜结全天候。

还有一首也是记述当时中国答应援建后情景的：

曾经奔走借西风，无奈徒劳终不成。
唯有东风春意暖，三国携手踏征程。

我们都知道，非洲的经济不够发达，尤其基础设施落后。他们急切地想改变面貌，也曾寄希望于西方发达国家，但都被直接或婉言拒绝。这时两国领导人试探请中国援助。当时，我国也并不富有，至今也同属第三世界。当毛主席高瞻远瞩，决定伸出援手时，非洲兄弟怎能不欣喜若狂，怎能不把中国人民当作朋友！也正是中国人民的无私援助，才赢得了非洲兄弟的信赖、友好和支持。记得在联合国讨论恢复中国在联合国合法席位时，坦桑尼亚驻联合国代表联络许多友好国家，力挺中国，终获通过。当时会场上那欢腾鼓舞的一幕令人难忘。时至今日，我国与非洲的经贸、人文往来越来越多，政治上的互信日益加深，相互支持、合作共赢上了一个新的台阶。不能不说这其中就有坦赞铁路筑下的根基。

亮点之二：筑路艰辛，责任担当。在非洲修建跨国铁路要穿越高山、沙漠、河流、沼泽……荒无人烟，没有住处、没有清洁水源，野兽出没，那是一个怎样的艰苦环境。从勘测制图，到开工有多少难题？

万大林用他的亲身经历记录了一些片断：

沿途勘测几搬迁，选址常常依水源。
搭起帐篷一片绿，夕阳西下上炊烟。

一路勘测一路行，遇到水源搭帐篷。
一日三餐时不定，炊烟缕缕上星空。

这就是筑路测绘人员的生活。笔者曾负责过河北省行政区划的勘界工作，走没人走过的路，爬没人爬过的山，确实辛苦。但那是京城周边，能想象到在非洲搞勘测修筑铁路不知比我们要艰苦多少倍。

吉普抛锚月色中，丢魂落魄悚神经。
兽群嗥叫不期至，忽暗忽明绿眼睛。

非洲有许多天然野生动物保护区，时常遇到野生动物出没和侵袭自在情理之中。所以，"有人晨起忽高叫，鞋里有蛇话变声"。本集收录的许多篇章是写筑路工人火热生活的。中国援建人员把流汗、流血，甚至牺牲，都置之度外。他们有责任、有担当，一心要把这条铁路修成最好的，为祖国争光。因此，他们在艰苦环境中，充满了自豪感和乐观主义精神。"施工全线正高峰，火热生活豪气腾。""如盘明月挂天空，深夜两营一梦通。"坦赞铁路的建设者营地有中国营地和坦赞营地之分，但做的是同一个梦——铁路贯通。

亮点之三：史料丰富，精心采撷。作者在坦赞铁路工作十二年，风雨沧桑，春秋冬夏，所见所闻为叙事记史提供了丰富的素材。从国家领导人决策到选调人员参建，从勘测选址到火热工地，从当地风情到建立友谊，从铁路通车到庆功晚宴，等等，在本集中都有记述。有一首是写开工典礼的：

铲车雁阵四十台，头雁领飞总统开。
绕场一周揭序幕，土方开战喜心怀。

试想那场景是多么壮观、激动人心。总统亲自爬上铲车，绕场一周为开工拉开序幕，可见这一条铁路在坦赞两国人民心中的分量，和国家领导人对此项工程的重视程度。当坦桑尼亚总统尼雷尔视察该项目时，看到我们的专家、工程技术人员就住在临时搭建的简易工棚时，他的眼睛湿润了。这个细节被万大林先生抓拍到了。

眼睛湿润动何情，自力更生简易棚。
感叹专家当宿舍，坦桑尼亚要传承。

是中国人自力更生艰苦奋斗的精神，是无私奉献的敬业精神，是中国人民对坦桑尼亚人的深情厚谊，感动了总统先生。诗人的眼睛是敏锐的，观察得细，抓拍得准。这种精心采撷是创作诗词不可缺少的。还有当铁路通车时，赞比亚的一块标语牌赞扬三国领导人，被诗人一一记述下来，为后人提供了难得的史料。也只有亲历者，才能写出如此生动的文字。

亮点之四：语言清新，动之以情。竹枝词的一个重要特点就是通俗易懂，幽默风趣。如对非洲农业生产仍然比较落后的描写：

刀耕火种先烧荒，只见碳黑不见黄。
节令已临播种季，发芽自有雨帮忙。

尤其是结句"发芽自有雨帮忙"，流畅、自然，不见雕琢，且生动地反映了那里仍是靠天吃饭的现实。

坦赞铁路的首批中国勘测设计队伍胜利到达坦桑尼

亚首都。大使馆在迎接他们的"耀华号"客轮上举行盛大招待会，大家激动的心情可想而知。不管认识的，不认识的，都成了亲近的朋友。

一杯饮品手中拿，微笑趋前把话拉。
老友相逢温旧事，新朋会意笑相答。

其乐融融的景象跃然纸上，那是友谊的话语，由衷的欢笑。生动的语言，来自对生活的热爱、细致的观察和深切的感受。要感动别人，首先自己要被感动。

奉献青春十载多，只为坦赞跑火车。
回眸往事心潮起，点点滴滴都是歌。

前面提到过的这些情感，已在作者心中发酵了五十年，所以呈献给读者的是一杯浓郁醇香的美酒。请读者慢慢品吧！

需要指出的一点是，部分文字需要进一步推敲打磨，在艺术表现手法上还有提高的空间。在直白与诗家语，俗与雅等方面，还需深酌。但这些都不足影响这本记事叙史为主的竹枝词集的价值。

十年坦赞付青春，目送长龙出岫云。
千首竹枝歌不尽，中非兄弟友情深。

作者为原中华诗词学会副会长、北京诗词学会会长

2018 年 4 月

心满阳光目自明

2008年，我正式到北京诗词学会工作不久，收到一本诗集《咏光集》，作者是民政局离休干部、盲人黄安同志。诗集并不厚，读完既惊喜、又感动。惊喜的是黄安同志作为盲人竟然也出版了自己的诗集。感动的是他在诗词中表达的思想感情，生活态度是那样积极乐观、丰富多彩，传达给读者的是一片光明。

说起黄安，我们曾一起共过事。早在1988年北京市残疾人联合会成立时，他当选残联盲人协会的副主席；我是联合会理事会的监事。那时残联还没有从民政局分出去，因此有机会在一起商讨残疾人事业的发展问题。黄安同志为残疾人、尤其是盲人事业的发展，权益的保护倾心尽力，广受残疾朋友的信任和大家的称赞。但当时却不知道他还是个诗词爱好者，到诗词学会工作后，才时常能看到他的作品。

今年初秋，黄安同志的《咏光集》第三册即将付梓，并让我作序。虽水平有限，但作为残疾人的朋友，作为诗友、作为同是民政人我欣然应诺。

细读诗稿，我深深感到此集是一曲正气歌，一曲赞美歌，一曲欢乐歌，一曲光明歌。

一曲正气歌。黄安的诗可以说首首都释放着正能量。

这或许与他的经历有关。他曾在放军解四野和抗美援朝中经受战火的洗礼。并在战斗中头部负伤。是党和部队又把他送入华中师范学院政教系学习。在他心中，充满了对党、对国家、对军队的感激之情，因此每逢党的大会召开，国庆日、建军节等等，他都会有诗作。2009年他在短歌词《千秋岁》庆七一中写道："南湖胜迹，漫漫征途系。昭志士，怀真理。伴农工亿万，扫百年顽敌。迎旭日，东方首创新天地。四海春雷起，数代宏图继。开放广，腾飞疾。环球留壮影，华夏增豪气。民永祝，红旗伟业光天际。"短短数句，从我们党的诞生，到开创新天地，再到改革开放，国家走向繁荣富强，展望中华民族，屹立世界民族之林，红旗高高飘扬，字里行间，充满了对党、对国家的深爱和自豪。党的十八大召开，他感到是"继往开来号角鸣"要开始新的长征。2013年八一建军节时他一连写了六首《十六字令·颂八一》。历数了我军从八一南昌起义，经两万五千里长征，到今天的强军发展的路程。在国庆节他填词《一剪梅》通过歌颂花坛，"花耸京空，辉撒群山。华夏而今，光照人寰"来歌颂伟大的祖国。从他大量歌颂党、国家、军队的诗词中可以体会一种正气，一颗赤子之心。

一曲赞美歌。诗人的目光，被一切美好的事物所吸引、所照亮。此集中，还有一些是写普通平凡人物的，但黄安同志却看到了他们的不平凡的事迹，闪光的心灵。其中有最美女教师，有普通的公交司机，有志愿者，有警官，有见义勇为的集体。

为了提倡好的社会风气，北京近几年推出"北京榜样"，宣扬先进事迹，群众投票评选，政府出面表彰。黄安听到义务为残疾人教授手风琴的任士荣老师的先进事迹后，以一首《虞美人》来抒发对任老师的赞美："手风琴伴歌声漾，多少心花放。无偿救助几多年，引领盲残欢唱艳阳天。殷勤指点常含笑，白发增光耀。高扬厚德惠人民，世界名城岁岁暖如春"。佳木斯的女教师张丽莉舍身救学生，被大家誉为最美女教师，黄安即挥笔写下"忽见一人随跃起，舍身抵，迅推学子安然避""丰碑立，园丁壮美惊天地"。公交司机却是"驱车莫道极平凡，伟大襟怀常系万民安"。有美好的心灵，才能发现美好的世界；美好的心灵与美好的事物相碰撞，就会产生美好的诗句。

一曲欢乐歌。作为盲人，无法再看到五彩缤纷的世界。但在黄安的心中，依然是绚丽多彩，充满欢乐。从他的一首《醉花荫》重阳携侣登香山词中，我们似能体会到的情感。"彩菊缤纷西路伴，玉桂流芳远。佳节话登高，徐步香山，秀景重重展。望风亭外秋阳灿，更觉心头暖。携手上香炉，胸有蓝天，何惧千阶险。"在立春感怀中写到："万树梨花一夜开，晨风逐雪送春来。京民雀跃歌佳日，素裹银装亦暖怀。"谁说盲人看不见，心中处处有斑斓。黄安，没有消沉，没有悲哀，热爱生活，热爱山川，把自己溶入这个万千世界，并为之而歌。

一曲光明歌。诗集名为《咏光集》，足见一个盲人对光的渴望，对光的遐想，对光的追求，对光的热爱。这或许是一般人难以体会到的。人，对光明的理解，我认为除了眼睛可看的光亮，还有内心的光明。如果内心世界不光明，那么他眼前的世界不管多么亮丽光鲜，也会变成灰暗的、浑沌的、甚至是黑暗的。当读到黄安同志《八十自吟》一首七律时即有答案。"解放欢歌荡洞庭，朝辉八月染新程，少时争踏红星路，壮岁方肩赤子荣。半纪苍茫灯塔暖，耄年霁野晚霞萦。恩师益友知多少，屡屡春风伴毕生。"黄安是因伤致盲，半个多世纪始终有灯塔在照亮他前进的道路。一路春风，共沐阳光，尽赏晚霞。他把党和政府以及民众对残疾人的关心帮助视为"魅力阳光"，温暖着残疾人的心。在他的心里处处是"万蕊朝阳，七彩光艳"。可以说黄安同志思想是阳光的，心态是阳光的，生活是阳光的。光，对黄安来说，不仅是一种自然现象，更是一种追求和思想境界。也正因为如此才有了咏光的诗。

《咏光集》中一些诗句，虽然有一些还需要进一步打磨，以达到思想性和艺术性双佳，但仍不失为盲人朋友奉献给诗坛的一道绚丽的彩霞。

最后以小诗为结：

少小追寻出洞庭，连天烽火铸忠诚。
苍茫半纪诗文记，心满阳光目自明。

京城又见百花明

《北京百家诗词选》第二集，在北京诗词学会成立30周年之际，又与读者见面了。

《北京百家诗词选》，收录的是已在《北京诗苑》"燕山遗韵""北京百家"两个栏目刊登过的诗家作品。这两个栏目是1995年刊物改版时新设立的。之所以设立这两个栏目，并作重点推出，杨金亭先生在《北京百家诗词选》第一集序言中曾有明确表述："作为北京的一家专门性的诗词刊物，有责任反映北京当代诗词创作的最高水平，也有责任为当地已过世的现当代诗人词家的精品，作一些拾遗辑佚的工作，同时又作为从此时此地起步的诗词作者学习和借鉴的资源"。一直担任《北京地方志》副主编、分卷主编，时任学会会长的段天顺先生，在说到编辑《北京百家诗词选》的意义和目的时指出，它的意义在于：一、为北京存诗。二、为北京存诗史。目的是为将来的北京文化志，或二十世纪北京的诗词史填补空白，留下足够的诗词名家名作的历史资料。2004年出版的《北京百家诗词选》，汇集了自1995年两个专栏设立后，诗人词家的作品。至今，又过了14年，学会经研究认为有必要出版第二集。一是为了使这一编纂工作得以延续。二是为了集中展示北京的诗词创作水平。三是有利于推出精品和新人新作。

  本集共收录了120余名诗人创作的1100余首诗词作品。不论是作者的数量还是诗词作品的数量，都超过了第一集。其特点：一是质量较高，达到了一定水准。所载诗词，是从作者大量的诗词作品中精选出来的。格律严谨、内容广泛、语言清新、格调高雅。其中不乏精品力作，既体现了对传统诗词的继承和发展，又展示出诗人的风雅情怀。读之，给人以格律美、音韵美、语言美的享受，并从中得到启示和激励，耐得思索与回味。二是时代感强，是现实生活的生动写照。文艺作品当随时代。纵观诗经、汉乐府、楚辞、唐诗、宋词、元曲，无不打上时代的烙印。本集选出的作品由于年代跨度较大，从民国到当代，都生动地反映了当时的社会、政治、经济、文化和现实生活。比如抗日战争时期，新中国建立初期的作品，可作为了解、研究那个时期的资料，具有一定的诗史价值。三是具有北京特色，展示出丰富的古都风情。北京作为六朝古都，当今的政治文化中心，有其独特的文化底蕴，是其它地域所无法比拟的。作者以自己的感悟和认知，从多视角描绘和记述了北京的变迁和魅力。从中可以品出浓郁的京味文化，初步形成了京派诗词的风格：语言豪放，格调高雅，心系家国，视野宽阔，情致高远。京派诗词是否可成为一种诗风和流派，还有待于读者从中品味，进行研讨。四是广收并蓄，涵盖面宽包容度大。前面曾讲到本集收录的诗词时间跨度大，从民国到当代；作者群包括在北京工作、生活的各界人士，其中有长期从事诗词创作及组织管理者，有科技、教育工作者，有企业家和商务工作者，有工人、农民、学生，亦有官员和普通百姓。这些作者工作在不同的岗位，从事不同的领域，来自全国各地，必然具有各自不同的风格，不同的艺术表现手法。但只要是好诗，均于收录，真正体现出百花齐放。

本集在编辑过程中，由于时间跨度大，作者较多，因篇幅所限，已刊载《燕山遗韵》《北京百家》中的诗词，未能全部收录，进行了压缩和精选，稍留遗憾。在历时半年多的选编过程中，张力夫先生反复审阅，精心遴选，与作者沟通，打印校对，一丝不苟，付出了艰辛的劳动。这种甘为他人做嫁衣，认真负责，严谨的工作精神，值得学习和点赞。

杨金亭先生在《北京百家诗词选》（第一集）序言末尾说到："这个选本是《北京诗苑》两个栏目阶段性的成果。北京的诗词事业方兴未艾，诗词新人源源而来"。"我们编辑部的后续梯队，或许有续集成书编出，这是后话了"。今天杨金亭先生的"后话"已成现实，可以说是"佳话"了。

要说明的一点是，北京的诗人词家还有许多，尽管我们努力广泛收集，但肯定还有一些诗人佳作未能收录。不过，《北京诗苑》的这两个栏目还会持续办下去，今后还有机会入选。希望大家推介诗人佳作，共同把这两个栏目办好。待到一定时日，或许能看到第三集出版。由于编辑水平所限，不当之处，请读者指正。

诗词的春天已经来临，诗词的繁荣景象日益呈现。让我们按照习近平同志提出的"思想精深，艺术精湛"的标准，努力创作出更多更好无愧于时代、无愧于人民的诗词佳作，向诗词高峰进发。

钩沉遗韵共新声，十四春秋撷隽英。
恰是当空晴万里，京城又见百花明。

二〇一八年五月三十日

千年遗雅韵 当代赋新声

诗词，作为中华民族优秀传统文化的重要组成部分，延绵千年，经久不衰。唐诗、宋词、元曲，一直陪伴着我们。人们从中赏其雅、审其美、品其味、感其情、励其志、悟其神，极大地丰富了精神世界。

中华诗词，有其鼎盛时代，也有低谷过程。至今，随着国家社会经济的发展，人民生活水平的不断提高，诗词又回到人们的生活之中。国家强盛，文化当兴，诗词也从逐步兴起走向繁荣。据不完全统计，诗词创作队伍已超百万，加之读诗、学诗的人数量更为可观。从中华诗词学会、中华诗词研究院，到各省、市、自治区、县、学校、社区、乡镇的诗词组织和报刊更是难以计数。中央电视台的《中国诗词大会》收视率屡创新高，观众达亿万人次。"中华诗词云"一次诗词征集，就有一二十万首作品（且不论其中有多少优秀作品）。这些，足以说明当前诗词的繁荣景象。每一个诗词组织，都是继承、弘扬、发展中华诗词大潮中的一朵浪花，展现着自己的魅力。

北京诗词学会，自1988年成立以来，一直在为诗词的继承、普及、弘扬、发展而不懈努力。《北京诗苑》以"推介精品、突出特色、立足北京、面向全国"为办刊宗旨，选编了大量的学会会员和全国各地诗友的优秀作品。

北京诗词学会倡导的"竹枝新唱""燕赵诗风"（慷慨壮歌）"京味散曲"等已逐渐形成品牌，得到了全国诗友的认可和积极评价。诗词要发展，要产生更大的社会影响，归根到底还要有精品力作。为了不断推出新人新作，学会曾选编了《中华诗词文库·北京诗词卷》（近、现、当代三卷）、《竹枝词新唱》、《北京百家诗词选》、《北京当代诗词创作丛书》（10册）等，受到广大诗友的好评。在北京诗词学会成立三十周年之际，学会又选编了《北京百家诗词选》（续编）和《燕京诗韵》丛书（七位诗人的作品集）。意在推出精品力作，展示学会近年来诗词创作的成果。

《北京百家诗词选》（续编）收录了已在《北京诗苑》"北京百家"和"燕山遗韵"栏目刊登过的部分作品。他们是活跃在当代京城诗坛的诗人，是力求创作精品的诗词带头人。从这些作品中可以了解京城诗词创作整体的水平，领略各位诗人的诗词风格，品味诗词中蕴含的精神世界。

《燕京诗韵》是继《北京当代诗词创作丛书》之后，学会推出的第二套丛书，其作者有的几十年笔耕不辍，有的十几年来从事诗词的编辑工作，有的奔走于各个诗词组织，进行诗词的教学普及提高工作。他们的诗词作品，生活气息浓郁，明白如话，却不失风雅，其中不乏"义生文外""言近意远"的佳作，较好地做到了思想性和艺术性的统一。诗人的诗词风格虽有不同，但有其共同的特点。

一是反映时代的新声。我国正处在一个伟大变革的时代，改革开放使我国各方面都在发生着日新月异翻天覆地的变化。这些变化对诗人必然有所触、有所感，乃继发而为诗。翻开一本本一页页，从中可以看到这些诗词涉及从国家到社会，从政治到经济，从国防到外交，从宏观到人民生活的方方面面，俨然是当代社会的记录。纵观诗词有记录以来，那些流传千年的诗句，还有著名的诗圣、诗仙，哪一个不是深深地打上时代的烙印。现实生活是诗人创作的沃土，用现代语言写现代事，是当代诗词与古诗词最大的区别。诗心随时代的脉搏而跳动，诗可以记史。

二是书写大爱的永恒。爱是人类永恒的主题。我们说大爱无疆，不论是对党、对国家、对社会，还是对亲友、对自己，都要心怀大爱。有爱生活才有激情，有爱目光才能敏锐，有爱生活才能有品位，有爱才能褒贬有度。翻开这些作品，从中可以体会每位作者的爱心，爱让我们生活更美好。

三是抒发自己的感动。白居易云："感人心者，莫先乎情，莫始乎言，莫切乎声，莫深乎义。"诗要感动别人，首先要感动自己。要动真情，抒胸臆。诗句是感情表达的方式，也是感情的升华。"风萧萧兮易水寒，壮士一去兮不复还"抒发的是勇士的慷慨悲歌。"举头望明月，低头思故乡"表达的是乡愁。"一种相思，两地闲愁"展现的是凄苦爱情的生动画面。古人如此，今人亦然。诗人的生活经历，所处环境，工作岗位不同，诗词中抒发的爱国情、乡情、亲情、友情、爱情都是真挚的，唯有真情方可动人。

"诗可数年不作，不可一作不真"（清·刘熙载）。《燕京诗韵》丛书的作者，对所选作品，都经过认真的遴选审定，基本达到了韵稳句工，展示了他们的创作水平。虽然有的作品还须进一步打磨，有提升的空间，但不失为当下值得一读的诗词作品集，从中可以领略不同的诗词风格。

习近平同志指出：文艺创作方面，也存在着有数量缺质量，有"高原"缺"高峰"的现象。艺术的最高境界就是让人动心，让我们根植沃土，脚踏实地共同努力，创作出更多无愧于时代的优秀作品。

诗园卅载绽群英，再续丛书唱和声。
敢立潮头奔大海，能攀峭壁上高峰。

谨以《北京百家诗词选》（续集）、《燕京诗韵》丛书向北京诗词学会成立30周年献礼！

无声胜有声

今日，读到一首地震的诗，使笔者在感到沉重的同时又感到一份温暖。《纪念唐山大地震》作者陈良先生是唐山人。2011年7月28日在纪念唐山大地震35周年时又回到了养育他的故乡，在地震纪念墙上寻找当年恩师的名字，并写下这首诗：

> 云压玄壁和吟殇，挪步寻他第几行？
> 寒室剪灯曾觅句，犀学存问又敲窗。
> 师言在耳犹弘益，本道于心自正腔。
> 试问陡河深浅水，南湖何处镜余芳。

写地震的诗很多。特别是汶川地震、玉树地震时有大量的诗篇涌现。有的展现地震所造成的惨烈，给人们带来的灾难和创伤，有的歌颂抗震救灾中的英雄模范人物，弘扬抗震救灾精神。而这首诗却从另外一个侧面，描写了地震给人们带来的无法弥补的情感缺失。

我们仿佛看到了主人翁在纪念墙前慢慢挪步，在数十万遇难者的名字中，寻找恩师的名字。当他站到恩师的名字前，悠悠往事幕幕场景，尽现脑海。寒室灯下，谈诗索句，夜晚敲窗，登门求教；箴言在耳，情驻于心。……

师生之情，历历在目。

  对于地震，我亦有抹不去的记忆和感触。1966年我的家乡邢台大地震，我随部队在第一线参加了抗震救灾和慰问军人家属的工作，在重灾区待了11天。唐山大地震时我在北京军区空军466医院抢救地震伤员指挥部工作，汶川地震我已退休，除了捐款以外，我写了218行的新诗，来记录那场灾难和伟大的抗震救灾精神。然而当我读到陈良先生这首充满深情的缅怀诗后更使我动容。

  写友情和缅怀的诗很多。这不仅使我想起了李白赠汪伦的那首诗：李白乘舟将欲行，忽闻岸上踏歌声。桃花潭水深千尺，不及汪伦送我情。李白把友情已写到极至。而陈良这首诗的尾联可以说是异曲同工。"试问陡河深浅水"显然由李白的"桃花潭水深千尺"化来。"南湖何处镜余芳"，今日的南湖五湖九岛风光秀丽，已是新唐山的象征。也是作者不负恩师所望，事业有成的内心写照，可以告慰恩师的在天之灵。

  这首诗还有一点值得注意的是，对照李白的诗，李白听到了岸上的踏歌声，俩人挥手告别，才有潭水纵有千尺，不及汪伦的情深的感叹。而陈良面对的是纪念墙上恩师的名字，再也听不见恩师谆谆的教导声。我去过南湖，也曾去纪念墙缅怀地震中遇难的同胞。站在那里可以体会到陈良先生的心情，即无声胜有声。

2014 年 4 月 14 日

造像赋真情

初夏的一个雨天,去中国革命历史博物馆,参观吴为山先生的雕塑展览,并有幸聆听了吴先生对展品的详细讲解。其写意雕塑之精美,物象之灵动,意涵之深邃,令人思情万千,顿感震撼。

据吴先生介绍,这次展出的170多件作品,是从700多件作品中精选出来的。有的高达六七米,可谓巨制。有的只几公分,彰显精致。不论大与小,件件皆精品。从每件作品中,都能感悟到吴先生对物象深刻的认识,倾注的情感,寄予的深情。

赋物真情。雕塑本是一个具体的物象,是静态的。当作者把精神赋予这个物象时,它就有了灵魂,变得灵动起来。吴先生塑造的老子系列,有的敞开胸怀,呈现包容万物的气象;有的驭使青牛游历四方,展示洒脱与闲情。吴先生说,牛的姿态不同,就连牛的眼神也不一样。有的昂首,有的回首,有的俯首。视之既有粗犷的线条,又有细至入微的刻画,以此来表达老子思想情感的变化。每件作品都栩栩如生,从中可感悟到作者对这组物象所倾注的真情。赋真情,则感人。以诗记之。

老子

　　　　胸中宇宙大无边，"四法"循轨顺自然。
　　　　道德经文涵世象，青牛足迹越千年。

　　注：四法即人法地，地法天，天法道，道法自然。

　　东西兼融。文化艺术是人类文明的结晶，是一个国家一个民族的，也是世界的。古老的丝绸之路，曾把华夏文明传播到西方，也将西方文明带回中华大地。吴先生有一件作品在一条船上，达·芬奇与齐白石的神遇。并在说明中写道：你在船的那头，我在船的这头，我们同在人类历史的长河中泛舟。这是东西方两个画家的对话。如果说孔子问道老子这件作品还有历史记载的话，那么达·芬奇与齐白石且不可能对话。一个在中国，一个在意大利，两人生活的年代相差了400多年。作者怎么把这两个人放到一条船上呢？从历史长河的角度，从文化交流的客观存在，就有了它的合理性。这就是创意，就是艺术的魅力。观众看后没有感到有什么不妥，反而被震撼，都能理解作品深厚的含意。吴先生曾到西方许多国家作访问学者，开展文化艺术交流。其雕塑吸收融汇了许多西方艺术的表现手法，并与我国传统美学结合在一起，形成自己独到的艺术风格。写意雕塑，把东西方美的东西融汇于心，呈现于像，自然美轮美奂。从这个作品造型上看，那条船又像一个天平。一人船头，一人船尾，若失去一人，船就失去了平衡，就可能翻船，无法前行。因此，文明无优劣，应互通互鉴，共同发展，协力前行。不可制造文明冲突，更不可只承认自己的文明，不承认其他文明。笔者认为这是该件作品更深刻的含义。一点感悟，一家之言。

题《在一条船上》：

东西文化史流长，楫棹同舟向远方。
艺术兼融刀笔下，情怀有寄像中藏。

古今贯通。详观吴为山先生的雕塑，给我的第一印象，容量大，跨度长，眼界宽，题材广。孔子问道老子，是千年对话。在一条船上的达·芬奇和齐白石先生，是东西方的交流。马克思恩格斯是伟人思想家的睿智思索，雷锋是当代人的情怀追求……每一个人物，在吴先生的造像中，从古到今，从内到外，从名人名家到睡童，都是有血有肉有生命的。这种融汇贯通，充分展示了作者的文化积淀，博大情怀，深入思考，艺术修养。吴先生在介绍雷锋这件作品时，他兴致勃勃地说，你看雷锋微笑着向大家走来，给大家以温暖。我想，也许雷锋是做完好事高高兴兴地回连队，也许是星期天去学校给同学们讲故事，从他的笑容、神态、步履每个细节，都表现了这位平凡的士兵对人民火热般的感情。任何一种艺术作品，都要通过形象来表达。"笼天地于形内，挫万物于笔端。"吴先生的雕塑，从古代，到近、现、当代的人物心境和精神，都表现得淋漓尽至。彰显作者"逸怀浩气，超然乎尘垢之外"。
诗曰：

感佩先生塑古今，斯人再现作知音。
贯通融汇深情注，大雅雄风潜入心。

吴为山先生的写意雕塑，让我们从中体会到真趣、真情、真的塑痕，尽在十指的抚摸与游动中，留下心灵的诗行。

2019 年 5 月 30 日

清思绮梦入诗来

——喜读张桂兴《鸟巢集》

李增山

打开张桂兴同志的诗词集《鸟巢集》，如春风扑面，给人以清爽畅快的感觉。这种感觉的来源就是一个"新"字。刘征老说，杜甫所说"语不惊人死不休"，就是以死追求一个"新"字，不新怎能惊人？桂兴的作品新在哪里呢？归纳起来，正是臧克家诗翁所提倡的"感情新、思想新、语言新"。我认为，臧老的这个"三新"，是当代诗词创作的宣言和纲领，具有划时代的意义。当代诗人要担当敢于创新的责任，使古体诗词焕发青春，开出新时代的美丽花朵。桂兴是这种担当精神的积极实践者，而且是卓有成绩者。

读桂兴的作品，总有一股强烈的感情在冲击着你，这种感情不是卿卿我我的小感情，而是关乎国家、民族、人民的大感情，并且是新时代的新感情。如《新风》："华堂发正声，九域荡春风。执法关笼子，反贪打虎蝇。轻车村寨走，众意炕头听。惟志中国梦，扬帆万里程。"没有对新的党中央的高度信任和对反贪措施的坚决拥护，绝不会将"关笼子""打虎蝇"这样的词汇写入诗中；那走村寨、坐炕头的感人场景，正是作者从新的中央领导身上看到民族希望的真实写照。他的词《鹧鸪天·加拿大会见华裔老兵》，更把浓浓的家国情怀、民族气节写到了国外："依旧军姿气凛然，勋章闪闪话当年。远征疆场拼生死，方使华人改旧颜。华夏血，总情牵，他乡几度梦家园。今朝紧握亲人手，悲喜泪花盈眼帘。"二战期间，加拿大华裔战士在战场上为世界和平立下赫赫战功，为华人争得荣誉、地位，作者以崇敬的心情，用诗词的形式加以歌颂，华裔老兵受到极大的感动，同时为中华诗词的复兴而感到极大的欢欣。像这样极具时代情感的诗词作品，从古人诗中怎能寻得。

　　读桂兴的作品，总有一些思想火花闪现在你眼前，这些火花中有如刘征老评价的"深沉"，也有杨金亭老评价的"悟性"，究其根源在于他对诗词价值的理解。桂兴认为，在诗词如何写上应该"形象大于思想"；而在诗词写什么上应该"思想大于形象"。我以为这种观点是对的，人没有思想犹同行尸走肉，诗没有思想只能是无用的空壳。桂兴把《红枫》一诗作为《鸟巢集》的开篇，我想其用意正如此。诗曰："嫣红凝厚重，一叶总关情。经历风霜后，沉思书页中。"用他所描写的"红枫"，来比喻他的诗作，我看是恰如其分的。如《思》："天顺抑骄满，逆流知鼓帆。常思成败事，雨后艳阳天。"富有哲理的佳句更是俯拾皆是，如："人生荆棘路，放眼步春光。""定律通因果，人生当自鞭。""纵观朝代更迭史，水亦行船亦覆船。"桂兴作品最大最亮的思想火花，是他对时事的关注，对党、国家、民族命运前途的关注，不仅仅是关注，而且是沉思和沉思后的呼喊，如《焦虑》："崛起又逢多事秋，世风功利庶民忧。赞歌充耳真言少，虚假浮夸何日休？"当看到党风、政风、世风好转时，他又毫不掩饰喜悦的心情，如《世风》："节俭一声令，'三公'消费低。名牌茶酒冷，豪店客人稀。从政廉为道，经商信是旗。长堤封蚁穴，何惧水流急。"当刺者毫不留情刺之，当美者满腔热情美之，正是诗人的品格与责任，桂兴做到了这一点。

读桂兴的作品，总有一种快人快语、清新爽口的感觉，新鲜词、流行语、时髦话统统入诗，而这些白话与文言组接融合得天衣无缝，毫无硬塞强加之感。刘征老说过，现在人们都在对旧体诗的革新进行探索，其最终谋求的目标，就是要使诗的语言既有旧体诗的神韵又有浓郁的新鲜气息。试读《澳门葡京赌城》："入室笼中鸟，门悬数把刀。轮盘圈似洞，老虎口如瓢。骰子机关妙，纸牌魔力高。劝君洁自好，嗜赌必折腰。"像"轮盘圈""老虎口""骰子""纸牌"这些不可替代的专用名词，桂兴如探囊取物，玩于掌股之间，把一个现代赌城活脱脱地呈现在读者面前。试想，若将这些新词剔出，还能用甚语言把赌城描绘得如此活灵活现？再读一首《山城堡战役纪念园》："临战川塬静，夜黑难辨人。红军张口袋，胡旅入迷津。摸帽挥刀砍，拉衣举棒抡。山花先烈血，碑记慰英魂。"诗中所写是红军的最后一战，消灭胡宗南一个王牌旅。此战是肉搏战，因夜黑，靠摸帽子和摸臂章来辨敌我。桂兴用现代语写现代事，栩栩如生，读者如临其境。只会从故纸堆里拣古人话的人，是绝对写不出这样的诗的。

　　综观桂兴同志的作品，感情充沛，思想深沉，语言朴实，时代气息浓郁，应是其主要特点和风格。桂兴不仅仅以一个普通诗人的身份在写诗，而且牢记诗词组织负责人的责任，带头以饱满的热情唱响主旋律，充分发挥诗词正能量，坚持用新韵，努力探索雅俗共赏的创作道路，而且成绩显著，这从他的这本《鸟巢集》中可以看出。说实话，集子中的某些篇什，韵味有待进一步提高，但瑕不掩瑜，正像杨金亭老在此书序言中所说："书中一些精心之作，已达到了当代诗词书写当下、衔接传统，形成自己抒情个性的艺术境界。"

2014 年 6 月 10 日

　　注：张桂兴，北京市民政局原副局长、北京诗词学会会长。

诗坛自信更辉煌

——读张桂兴《鸟巢集》

董 澍

2014年5月7日，我到北京诗词学会参加《北京当代诗词创作丛书》首发式，北京诗词学会张桂兴会长把他的新作《鸟巢集》（中华诗词文库之一）亲手签赠给我。

我与作者相识于2005年。作者从北京市民政局副局长职位上退休后，到北京诗词学会任副会长，兼秘书长，并会刊《北京诗苑》杂志社副社长。2010年他被选为中华诗词学会副会长，2012年他被选为北京诗词学会会长。作者留给我的第一印象是一位谦虚、宽厚、勤奋、毫不落伍的长者，这个印象至今未变。

我一口气通读了《鸟巢集》，看到作者在《后记》中这样评价自己作品：

一天路上看见喜鹊衔枝筑巢，心里突有感触。鸟巢可能是世界上最简陋的居所了……虽是枯枝落叶，但在它们那里成了取之不尽、用之不竭的材料。不论是在城市、乡村还是平川、山间，只要有树，就可见到鸟巢，鸟巢真是有它独特的韵味。《鸟巢集》的命名即由此而来。我的诗词作品，都是自己经历和游历的所思所想，随触随感写下的，算不上优质材料，更谈不上精品了。正像鸟儿们到处衔来的枝桠、落叶、细草一样，给自己的诗心搭建的一个家。

文如其人，《鸟巢集》的写作特点或曰作品风格或可概括四个字：平、广、新、美。

一、平

一般而言，当过官的人有三个优势，即大局意识、管理能力和社会资源；三个难得，即居高能下、严己宽人和真抓实干。

从配合作者工作中，我切身感到他能充分发挥优势，解决问题、知难而上。作者自幼爱诗，但因实际工作需要，直到在北京诗词学会工作以后，才开始把作诗当作事业。《鸟巢集》存诗约500首，多为10年近作，其起步之晚，提高之快，令人钦佩。作者从事民政工作多年，从基层做到高层，养成以平常人的平常心，看平常事，说平常话的性格。因此，"平"是作者其人其诗的根本特征，表现在三个方面：平等、平和、平静。

作者深知得民心者必得天下的道理（《振兴怀柔》），他鄙视不接地气脱离群众的作风（《无题》《天坛》），他听说人民得到实惠而倍感快乐（《喜闻免除农业税》），他看到世风开始好转而深感欣慰（《新风》《世风》），他见过太多人间兴勃亡忽的无奈（《恭王府相约海棠花开》《访圣彼得堡》《鹧鸪天·莫斯科红场》），他"闻熟悉的领导干部和一起工作过的人因贪腐犯罪而叹"："巧取豪夺身外物，人财两去入牢监。"（《钱》）他祈祷："人人施友爱，处处沐春光。"

(《梵蒂冈大教堂》)等等。

历史走在市场经济这个社会进步的必由之路上，在繁荣物质世界的同时也形成时代精神，这个时代精神正面为生机勃发、积极进取；负面为物欲横流，急功近利。有的人挖空心思、迫不及待地不惜以肉体、情感、信仰、文凭、权力等等一切出卖营私。此时，一个人，特别是领导人既要保持谋公益的不竭动力，又要保持克私利的平和心态，何其难能可贵！《鸟巢集》中有三首诗令我印象深刻。在《巴西伊瓜苏瀑布》（其二）中作者写道："是年耳顺童心在，依旧青春豪放情。"在《赠青年朋友》中作者写道："胸怀鸿鹄志，刻意恐难求。历日勤修勉，渠成水自流。"在《无题》中作者写道："挚爱人生情不老，何须盟誓共婵娟。"前两首继承了老要张狂少要稳的古训，后一首展示了平淡是福细水长的爱情。此外还有"欲望人生真似梦，塔楼阵阵警钟鸣。"（《巴黎圣母院》）"人生进退平常事"，"太盛牢骚易断肠"。（《采桑子·吴江陈去病退思园》）等。

平不等于停滞，与一般不负责任的旁观者、议论者不同，作为一个有所担当的实践者、领导者，作者主政北京诗词学会以来，一贯坚持"二为"方向、"双百"方针和文艺"三贴近"的原则开展工作，如春节送诗联下乡、利用每年"端午诗赛"推动社区文化建设等。他但逢诗社成立，或者开展研讨、年庆，以及诗友寿辰、新作写成、新书出版往往都有贺诗题赠。他用诗抒发自己，服务他人，平静如风，推己及人。他在《枫吟诗社成立20周年》中写到："耕耘不辍论诗文"，"雅风拂去世俗尘"。他在《贺北京社会报创刊20周年》中写到："社会生活百姓事，沟通上下奏和弦。"他在《丁香》中写到：

平生难作栋梁材，装点早春花竞开。
不羡娇妍争富贵，清香缕缕上楼台。

平不等于孱弱，作者1944年12月（夏历）生于河北省隆尧县，此时已经到了第二次世界大战后期，此地正在上演中日两国的殊死决斗。燕赵自古多慷慨悲歌之士，16年后，还是少年的作者参军服役。北京诗词学会一贯倡导燕赵诗风，参军的记忆化成《拉练·夜行军》："百里如飞衣汗透，扎营易水日曈曚。"从容一句道尽夜晚与黎明、历史与现实、飘逸与沉雄、热烈与苍凉。类似风格的作品还有《平西抗日战争纪念馆》《聂耳故居》《访西沙永兴岛》《鹧鸪天·加拿大会见华裔老兵》等。

二、广

作者"做万家事，交万人友"与"读万卷书，行万里路"相结合，相促进。改革开放促进了中外文化交流，极大拓展了人们"做""交""读""行"的时空范围。其中既有请进来，也有走出去。人类越来越成为一个不可分割的整体。

现在中国处处充满外国元素，《鸟巢集》随处可见如"中西合璧百花洲"（《哈尔滨冰雪大世界》）、"五洲团聚蓝天下"（《出席残奥会开幕式》），"天下名园，齐汇京西，各领风骚。"（《沁园春·咏北京园博园》）等等。

同时外国处处充满中国元素，根据工作需要，作者到访过的地方不仅包括中国各地，而且包括五洲许多国家。无论足行何地，身处何时，作者始终心系祖国、心系本职。比如"国门开放龙飞舞，处处可闻华语声。"（《春节·马来西亚》）"东西文化共存地，丝路长歌别样情。"（《土耳其伊斯坦布尔》）此外还有《美国白宫南草坪随想》《临江仙·瑞典诺贝尔奖颁奖大厅》等等。

在与中国同属"金砖五国"的巴西里约热内卢耶稣山下，展开的是世界最大贫民窟。作者在与巴西劳工部长会谈后，记下了"中国在城乡一体化的发展道路上，应吸取他们的教训。此次访问，对我们解决城乡结合部问题有启发、有意义。"并在《巴西贫民窟》一诗中写道："巴西治理心良苦，华夏腾飞路勿重。"

三、新

只要做到"三贴近"，诗中必然有新意。因为实际、群众、生活总是发展变化的。

面对眼前事物，通过古今对比，抒发此时情怀，是创作方法之一，作者无疑继承了这个传统。比如《贺嫦娥一号飞天》《清平乐·家乡巨变》《清平乐·神堂峪》《沁园春·长安街》《沁园春·圆明园》等等。不仅如此，作者面对新生事物从无失语之病，而且善于发现新生事物的两面性。

面对第三次科技革命浪潮，作者不仅敏锐发现"网络把世界变小了，把信息变快了。网络已渗透到社会生活的方方面面。"而且清醒看到"网络有精华，亦有糟粕……"2007年，我请他为"不信东风唤不回"——首届网络诗词大赛提名作品《风铎集》题词，他欣然写下"广交诗友出精品，勤奋耕耘向未来。"同时他也在诗中写到"价廉物美上门快，真假名牌昏眼瞧。"（《网上购物》）"谎言糟粕传播快，自律监督待几何。"（《网络立法》）"天天能见新词汇，文理不通一样抛。"（《网络语言》）"一夜情深多悔泪，方知网络是虚迷。"（《网恋》）甚至大声疾呼"家长老师同呐喊，谁来救救咱娃娃？"（《网迷》）。

《鸟巢集》还有别处难见的风景，比如《荷兰阿姆斯特丹市红灯区》《美国同性恋社区》等。而《法国卢浮宫蒙娜丽莎像》则是中国传统题画诗的一次远洋探险。

与西方文化强调精确性不同，中国文化存在模糊性。比如中国内部行政区划一直以历史形成的习惯为准，常有纠纷，甚至伤亡。1994年，国家决定全面勘定行政区划。这一利在当代、功在千秋的历史性工程经过8年完成。祖籍河北，家在北京的作者在此史无前例的工作中担任北京市主谈判人。其间甘苦凝成《勘界纪实竹枝词组诗》，从中可见他非常清楚"勘界情牵亿万人，描红一笔重千钧"（《签字仪式》）的意义，始终坚持"公心民意是杆秤，边界和谐促共赢"（《公私分明》）的原则，不仅做到"百里飞车平乱事，归途静看艳阳低"（《平息械斗》），而且实现"面红耳赤不相让，握手依然是弟兄"（《情真谊长》）。因此，作者在中南海怀仁堂召开的总结表彰大会上，荣立一等功。

四、美

美就是和谐，就是矛盾的辩证统一。在诗词中表现为平与仄、奇与偶、长与短、意与境等等。其中最重要的就是意境，所谓"意"即诗文蕴含的精神，核心就是价值观；所谓"境"即诗文描绘的场景，重点要求生动性。有"境"无"意"的文字只是自然的说明书，有"意"无"境"的文字就是抽象的大白话。都不能称其为"诗"。《鸟巢集》中令人惊艳的诗句如：

"飞燕轻轻点浪花，翻腾转体玉无瑕。"（《奥运会金牌榜·郭晶晶卫冕三米跳台冠军》）"飞""点""翻""腾""转"一连串动词展现了一系列高难动作，令人目不暇接。"玉无瑕"一语双关，既写美貌，又写绝技。充满视觉张力。

"驼铃声渐远，霞染满天红。"（《临江仙·沙湖颂》）"渐""满"二字将本已有声有色的意境写得声色俱佳。

"点点渔舟同唱晚，层层香稻泛金黄。"（《洪泽湖大堤》其一）"香"字在听觉和视觉之外增加了嗅觉。"点点""层层"使这些美感更有层次。

"笛扬清雅莺啼序，裙舞翩跹蝶恋花。"（《苏格兰小镇》）"莺啼序""蝶恋花"既可简单地按字面意义理解，又可使人联想到《莺啼序》《蝶恋花》两个词牌，以及用这两个词牌填写的历代名篇，意境瞬间以几何级数陡增。这种类似园林艺术中的"借景"手法，由于时间维度的介入，意境突破了三维空间。

"路边花斗艳，堤岸柳生凉。鸟雀归巢宿，鱼龙入梦翔。"（《唐山湿地公园》）"凉"字产生触觉，"梦"字出人意料将超现实主义融入现实主义，一举突破审美的四维定势。

《鸟巢集》中比较完美的作品还有两首：

苗族姑娘

头饰银光闪，身穿彩绣装。
踏歌山唱和，起舞鹤飞翔。
移步铃声脆，回眸韵味长。
飘然含笑过，衣袖带花香。

宜州民歌会

曲带乡音泥土香，歌王信口涌诗章。
擂台摆在青山下，唱罢朝阳唱夕阳。

作为一个自称"平生难作栋梁材"的人，能如此立德、立功、立言，夫复何求？！

毋庸讳言，《鸟巢集》中存在这样和那样的问题，比如有些作品对照诗词传统规范还有不尽完美之处。外文不经汉译直接拿来，特别是用于律诗这样要求严整句式、严格对仗的句中（如《游希腊爱琴海》、《网络现象·博客》）是否合适？等等。

说到《鸟巢集》，不禁令人想到北京诗词学会附近的国家体育场，这座钢铁焊接的伟大建筑的设计灵感也是来自树枝编就的简陋鸟巢。这里曾被国际奥委会主席罗格盛赞为"无与伦比的"2008年北京奥运会与残奥会的主体育场，现已分别入选北京、中国、世界的十大建筑奇迹，成为中华崛起的象征，寄托人类未来的梦想。我相信，只要经过不懈努力，作者的创作，北京诗词学会的工作，以及诗词文化的发展定如换巢鸾凤，就像作者在《贺北京诗词学会成立20周年》（其四）诗中写的那样："诗坛自信更辉煌"！

        2014年6月20日

后 记

　　诗歌，她独特的魅力深深地吸引着我，青少年时就爱读一些不甚懂但喜欢的诗词。李白、杜甫、陆游、田间、郭小川、艾青、普希金……只要能得到的都看。觉得他们写得都那么美，也模仿着写一点不含格律的长短句。军校毕业入党时写了一首"情系蓝天心向党，白衣战士志如钢，军营谱写青春曲，甘愿平生献国防"，刊登在《空军报》上。

　　真正对我影响大的是毛泽东诗词。不仅读其诗，还模仿其书法，把《咏梅》《题庐山仙人洞照》等写在印有毛泽东木刻头像的红纸上送给朋友。

　　那时好像对诗词有了一些理解。之后，从医、改行，读马列，学哲学，作宣传。转业到北京市民政局后写总结、拟讲稿、选课题、撰论文、写短评、编书稿等等，把喜欢的诗词几乎放下了。这期间虽也写过一些小诗，但几次搬家后也不知去向。走上领导岗位后，更是整天忙于事务。二〇〇五年退休后，老领导、北京诗词学会会长段天顺先生召唤到北京诗词学会，又走进了诗词的海洋，开始重新学习诗词。

　　山不转水转。转眼已经八年，许多朋友说你该出个集子了。我自知诗词创作的水平不高，还是个学生，真要出诗集，心里不免有些发憷。在老会长段天顺先生大力支持和诗友们的鼓励下，集成一册，意在得到诗友和读者的指正。

集子总要有个名，叫选集，我觉得还不够格；叫什么斋、轩，又感到自己的诗词还没有那么雅。一天路上看见喜鹊衔枝筑巢，心里突有感触。鸟巢可能是世界上最简陋的居所了，虽没有大厦的富丽堂皇，但是鸟儿们用勤劳智慧精心搭建的家；虽没有霓虹华彩，但始终有太阳和月亮相伴；虽是枯枝落叶，但在它们那里成了取之不尽、用之不竭的材料。不论是在城市、乡村还是在平川、山间，只要有树，就可见到鸟巢，鸟巢真是有它独特的韵味。"鸟巢集"的命名即由此而来。我的诗词作品，都是自己经历和游历的所思所想，随触随感写下的，算不上优质材料，更谈不上精品了。正像鸟儿们到处衔来的枝桠、落叶、细草一样，给自己的诗心搭建的一个家。

一次和李增山同志（北京诗词学会常务副会长）看望著名诗家刘征老师，并送上几首拙作请求指点。说到拟名"鸟巢集"，刘老当即表示有新意、有含蕴。

没过多久，刘征先生的夫人李老师给我打电话，说刘征先生给我的诗集题写了书名，让我去取。刘征老不但题字，还在我送去的几页诗稿上作了许多批注，给予鼓励，亲作修改。刘老的视力不太好，他是让老伴读给他听，然后再作批注修改的，这使我十分感动。从中可以体会到先生对学生的厚爱，对诗词创作的严谨，对推动诗词事业发展不遗余力的精神。借此机会，对刘征先生表示深深的敬意和感谢！

还要感谢的是杨金亭老师。他长期担任中华诗词学会和北京诗词学会的副会长，《北京诗苑》的主编，对北京诗词学会的发展和学会刊物《北京诗苑》起到导向作用。他对我的诗词创作给予了多方面的指导。尤其他得知这本集子要出版时，不顾工作繁忙和年事已高，欣然作序。我会把他的鼓励当作动力，不断地提高创作水平。

在北京诗词学会工作八年多的时间里，得到了许多人的关心支持与帮助。开始任学会的常务副会长兼秘书长，老会长段天顺先生不仅放手让我大胆地开展工作，还对我的诗词创作给予指导帮助，告诉我要多看书多学习，积累多了，基础稳了，就可以向高处攀登了。《北京诗苑》的主编石理俊先生是中华诗词学会聘请的函授导师，他从理论和实践上帮助我提高，使作品逐渐有了些诗的"味道"。李增山、柳科正、李树先、郑玉伟等同志都给了我很多具体的指导和帮助，使我的创作水平不断有所进步。这本集子完成后，张力夫同志从头至尾把了一次关，提出了许多很好的修改意见。在这里，我想对所有关心、帮助我的老师、同事、诗友，从心里说一声谢谢！

由于水平有限，呈给老师和读者的，只能是一些不太成熟的果子，诚恳请求批评指教。

张桂兴于北京

2013 年 5 月

再版后记

日前，中国书籍出版社副总编赵安民先生告诉我，收入中华诗词文库的《鸟巢集》准备再版，可作些修订和增补。在此，首先对读者的厚爱和出版社的支持表示衷心的感谢！

《鸟巢集》自2014年1月与读者见面，至今已过去5年多的时间。期间收到了许多读者的来信和电话，给予肯定和鼓励。也有的诗友仔细列出了一些错字和不足之处，其为诗之严谨，态度之诚恳，友情之真挚，更令我十分感动。

这次修订，一是保留了原集中的作品。尽管一些作品还不够成熟，甚至有些按格律诗词的要求还不够严谨，但那是一段历史，所以就保留了。二是遴选了近5年来的一些诗词作品作了增补。三是将李增山、董澍先生的两篇评论文章，和笔者已刊登在《中华诗词》《北京诗苑》的卷首语，及部分理论文章，序言等文字，也一并收入本集。

最后，要感谢的是，在我学诗创作的过程中，经常给予帮助的诗友们，谢谢你们的鼓励、支持和关心！

由于本人的诗词理论和创作水平所限，本集中也一定会有许多不足之处，真诚地欢迎大家指正。

2019年8月26日　于京